この世の景色

早坂暁
HAYASAKA Akira

Mizuki Shorin

この世の景色

早坂暁

帰らざる人も歩けや花へんろ

はじめに

暁《ギョウ》さんの追悼ドキュメンタリーで、ロケで何度も訪れた暁さんの故郷・松山に行きました。

どこまで行っても真っ青な空と、どこに行っても、暁さんに頭を撫ぜ撫ぜされてるような心地いい風に吹かれました。

海辺でしゃがみ込んでる波消しブロックは、まるで暁さんの横顔の様に夕日を眺めておりました。

そのとき、暁さんは私の神さんだったのだと気付きました。

通い慣れた道にいつだって変わらずにいてくれて、側にいればいつの間にか痛みを取り除いてくれるお地蔵さんのような、神さんでした。

役者として行き詰まれば、必ずどっかから現れて助けてくれる神さんです。

「白いご飯みたいな役者になんなさい〜。肉が乗ったら牛丼になったり、刺身が乗って寿司丼だったり、カレーライスだったり、みんなが勝手に乗ってくれて、いろんなものになれるんよ。たまにはお茶漬けでサラサラも良し！　塩にぎりでもイケるよ〜」

いい旦那さんだって見つけてくれる約束でした。

「山奥でね、茶碗かなんか焼いていて、ＴＶも雑誌も見ない仙人みたいな相手がいいと思うんよ〜」

きっと命だって何度も助けられたに決まっています。

「土壇場でブレーキ踏むとこを、アクセル踏む癖があるから、それ駄目！　死んだら桃井かおりはつまらんよ〜」

特に傷ついた人間に、駄目な人間にこよなく優しく、私のあらゆるしくじりの全てを笑い話にしてくれました。

あんな洒落た人間は見たことがありません。

「暁さんが死んだら、私女優やめる」

何度も暁さんを脅していた言葉ですが、これ、本心でもあります。

十九歳のＴＶデビュー作、ＮＨＫドラマ「たった一人の反乱」から、十三年ご一緒した「花へんろ」などなど、などなど、何しろ私の役者人生の八十パーセントは早坂暁作品で出来ているのですから、暁さんがいなくなったら、役者なんて面白くなる訳もありません。

暁さんが亡くなって、途方に暮れている今。

暁さんの言葉が聞きたい、暁さんの話がもっと聞きたい、暁さんの台詞が言いたい！！

「この本があれば、ボクがいなくても、ゼンゼン寂シ〜クナ〜イ！」

暁さんの声が聞こえてきます。

ありがとう！！！！！！！！！

桃井かおり

この世の景色

目次

第3章 美しく、たくましい者たち

第4章

渥美ちゃんのこと

第5章

戦争と原爆

第6章

第1章

生のレッスン・死のレッスン

故郷・北条鹿島から瀬戸内海を見る。眼前には伊予二見。

あなたたちに伝えたいこと（中学生へのメッセージ）

あなたたちは、自分がどのようにして生まれてきたと思いますか？

もちろん、お父さんとお母さんがいないと生まれてきません。

いや、うちはお母さんだけだよ、お父さんだけなんだ、という人もいるかもしれません。

でもあなたたちがお母さんのおなかに宿ったときには、一人ではなかったはずです。

お父さん、お母さんにはその両親がいて、それはあなたたちのおじいさんやおばあさんだけど、そのまたおじいさん、おばあさん……。

その数は五代前までさかのぼると、単純計算で約六十人、十代前だと何と約二千人になります。

その一人でも欠けたら、今あなたたちはここに存在していません。

つまり、あなたたちが生まれたのには、大きな大きな意味があるのです。

あなたたちは、誰もがすべて、かけがえのない一人一人なのです。

そして、あなたたちは、自分の名前について聞いたことがありますか？

自分の名前にどういう意味があるのか、どういう気持ちで名付けられたのかを知るのは、とても大切なことです。

もし、まだ知らない人がいたら、今日帰っておうちで聞いてみて下さい。

ちなみに僕の名前（富田祥資＝よしすけ）は、四国遍路をしていたお坊さんに付けて貰いました。


僕は、生まれたときにとても体が弱く、お医者さんから十才までは生きられないだろうと言われました。

お医者さんからも見放され、もうお大師さまにおすがりするしかないと考えた母親は、なんとか助けたいと、小さな僕を乳母車に乗せて四国遍路に出ました。

大人でも大変なお遍路です。今のように車も電話もありません。もちろんコンビニもありません。そんな時代に乳母車を押して四国を歩き通すのはさぞかし大変だったと思います。

途中、いろんな人に助けて貰いました。山の上の札所に行くときは、知らないおじさんがおぶってくれ、海辺ではお接待で漁師の女の人のお乳を貰ったりもしたそうです。

母親だけではとうてい四国を回れなかったでしょう。いろんな人に助けて貰いながら八十八ヵ所を回ることができたのです。

そのおかげでしょうか、僕は八十八才になった今も元気です。

人は人と結びあい、触れ合わなくては生きていけない生き物です。たった一人では生きていけません。人が一番学ばなければならないことは、どうやって助け合い、どうやって分かち合うかということです。

あなたたちの前には未来と大きな可能性があります。

どう生きてどんな人生にするのかは、自分自身で切り開くことができるのです。

一人一人、何をしたい人間になるか、何ができる人間になるかを考えて、これからの人生を歩んで行ってほしいと思います。

林檎《りんご》くふて牡丹の前に死なん哉

正岡子規

郷里松山の大先輩は、見事な辞世を残してくれている。脊椎カリエスという難病にとりつかれ、余命数年といわれながら、微熱地獄の中でひたすら果汁に救いを求め、日本女性の美しさの象徴としての花を愛し、そうか、立てば芍薬《しゃくやく》、坐れば牡丹といわれているが、子規は病牀六尺の身、起きあがることも出来ないので、美しい女性《ひと》に枕頭に坐って、わが臨終を見守ってほしいと願うのだ。

まさか子規さんの句には、およびもせぬが、せめて花をからめた辞世の句を作ってみたいと願いはじめたのは四十九歳のときである。

まあそれまでの生活は、睡眠三時間、煙草百本、食事は肉と酒ばかりという野放図なもの。結果は重度の胃カイヨウで全摘手術とあいなった。たしか子規さんの親友夏目漱石さんも同じ年まわりで、胃カイヨウを患っている。文豪にあやかっての病気じゃないかと、呑気に横浜の病院に入ったが、考えてみれば、漱石さんは胃カイヨウのため、四十九歳で永眠しているのだ。――ひょっとして自分も死ぬかもしれない。で、急いで辞世の句を考えはじめたんだ。

しかし、横浜の外科医は名手のほまれ高く、そのおかげか、胃の全摘は大成功に終った。

終ったと思ったら、半年後に、横浜の名医さんは、麻薬常用者として逮捕されたのだ。連日の手術のストレスに、つい、麻薬に手を出したという供述。

麻薬を使っていたからこそ、手術は成功したかも知れず、なんか命の綱渡りをした感じだったが、その手術が次なる病気のボタンを押したのである。

さあ、それからは心筋梗塞《こうそく》、胆嚢癌、腸閉塞、膵炎、大腸ポリープ切除、背中に大きな脂肪の塊ができて切開。ついには下半身に癌発生、三度の手術を経て、左股間のリンパ節に癌転移とあって切除手術。リンパ浮腫《ふしゅ》とやらで左脚はふくれあがり、ついに蜂窩織炎《ほうかしき》で、〝病牀六尺〟の身となった。

あれからだと、三十年。二年おきに、ときには年二回の手術が繰りかえされたので、病気が肉親、病院が我が家のようになってしまった。

「病気の中卸《なかおろし》問屋ぐらいになったか」

と強がっているが、内心は一病一病でゆらぎっぱなし。

一番切羽つまったのは、心筋梗塞と、胆嚢癌の挟み打ちのときだったですね。死亡率の星取《ほしとり》表では、横綱と大関の揃《そろ》い踏《ぶ》みです。

さすが私も、死と正面から向いあった。しかし〝死〟ぐらい判らないものはなかった。

『死ぬ瞬間』という題名にひかれて、E・キューブラー・ロスさんの本も読んだ。アメリカの末期癌の臨床医の報告書だが、死を予告された患者は、五つのプロセスを経て、死を迎えるという。否認、怒り、取引き、沈鬱、そして死の受容だが、肝心の死の受容は、キリスト教の天国思想なのだ。つまり死そのものは描かれていないのです。

ああままよ生きても亀の百分の一

これは小林一茶の辞世句だ。つまり、彼は動物を見よといっているんだと思い、私は池袋の高層ビルにある水族館へ行ってみた。人間は海の中から這い出てきたといわれるから、海の底を見ることにしたのである。

タカアシガニがいた。海底に二メートルほどの足で踏んばって、動かない。よくみると口だけは実にせわしなく動かしている。どうやら海中を浮遊するミジンコを食べているのだ。「あの高さが一番ミジンコが流れているようですね」と水族館員が教えてくれた。「一日中立っているのですか、夜は足をたたんで眠るのでは?」と訊くと、「さあ。私たちは夜は帰宅してますから……。でも彼らは足をたたむときは死ぬときだけじゃないでしょうか」の返事だった。

つまりは、生きる心得は、死ぬる心得と同じことだと教えられました。

病気になってから、私は野良猫と交流をしはじめた。実に可愛い命をみせてくれるからだ。

アメリカに猫時計というのがあると聞いて、手に入れたくてアメリカ西海岸一帯をさがしたが、見つからなかった。

なんでも、猫時計の刻みは三つだけ、EAT、SLEEP、PLAY、つまり食う寝る、遊ぶ、だという。WORK、働くがないのがいい。

子規さんが、癌の末期患者である中江兆民の『一年有半』を読んで『仰臥漫録』に書いている。

「平気で死ぬのが偉いとは思わぬ。平気で生きているほうが立派じゃないか」と。

誰も死の世界は知らないのだ。つまりは、死は観念だし、仮想現実だから、人によってどうとでもなるものだと私は思う。

八十三歳で死んだ私の父は自分の墓地の一隅に、自分の句碑を立てている。

楽しさよあの世とやらは花野とや

子規さんの臨終句、「絲瓜《へちま》咲て痰《たん》のつまりし佛《ほとけ》かな」より故郷瀬戸内海の長閑《のどか》さがあっていい。私もとりあえず、これにしようかなと思うようになっている。しかし私の臨終句は、もろもろの欲望が強いから、きっとすさまじいものだろうと、覚悟もし、楽しみにもしているのです。

癌の告知

癌の告知というと仰々しいが、ボクの場合は至極あっさりものだった。

十五年前、胆石の痛みから心筋梗塞を起こしていることが発見され、東京の大学病院に入院した。

ボクの心筋梗塞は二本の心臓動脈が、一本は一〇〇パーセント、もう一本は九十七パーセント梗塞している重症で、さっそく心臓のバイパス手術の準備がすすめられた。つまり、九十七パーセント詰まっている心臓血管に、太腿から取った静脈をあてがって、バイパス血路をつけようというのだ。

ここでいう心臓血管とは、三本の動脈のことで、この血管が心筋を養って、心筋は昼夜分かたず伸縮をくりかえして、全身に血液をおくり出している。

「心臓血管が詰まったら、どうなるのですか」

「栄養が行きわたらないから、その領域の心筋はエシします」

「エシ⁉」

壊死と書く。

「つまり、腐っちまうんですね」

「えッ！　腐るんですか！」

「腐って死んじまいます」

「……ボクの心臓はどれぐらい腐っているのでしょうか」

「ま、半分近くですね」

「心臓が半分も腐ってしまったら、大変じゃないですか」

「そうです。だからバイパス手術をやろうというのです」

「心臓は袋状のものでしょう。袋の半分が腐って死んでしまったら、つまり破れて、なかの血が外へ出てしまうじゃないですか」

「……ま、腐るといっても壊死ですから、破れて血が流れ出ることはありません」

「……壊死とは、どんなふうになっているのですか」

「そうですねぇ。干からびて、ミイラ状になっているというか……」

水上勉さんが心筋梗塞になっている自分の心臓を、カメラをつけたカテーテル（管）で検査撮影してもらったら、亀の甲羅ふうになっていたと書いていた。——亀の甲羅ふうなら、ずいぶん堅牢《けんろう》で安心な気もする。

それにしても心臓バイパス手術は胸の肋骨を切り取っての開胸手術だから、思うだに恐しい有様にちがいない。

「五、六時間かかります」

「えッ！　そんなに長時間……」

「難しい手術は、十時間をこえることもありますね」

「……おなか空《す》きませんか」

変な質問をしてしまったらしく、ドクターは笑っている。

「とてもいい質問です。医者だって人間です。途中で軽く食事をとります」

「患者の体を開けたままにして、とる食事って、どんなメニューなんでしょう」

「ま、サンドウィッチが多いですね」

「血だらけの内臓を前にして、サンドウィッチですか。よく食べられますね」

で、ボクは心臓バイパス手術を緊張して待っていたら、いろいろ検査ばかりして、一向に手術にとりかからないのだ。

「早く心臓バイパスの手術をして下さい」

ボクは、壊死した心臓のイメージがあるから、早くにバイパス血管をとりつけて、心筋に、栄養を送りこみたい気持になっている。

「きょうも胆石の検査をしていましたが、胆石よりか、心臓のほうが大事です。胆石の検査なんか後にして心臓手術を急いで下さい」

ボクはベッドから、若い担当医をせついた。

夜八時ごろ、大先生がひょっこり病室に顔を出した。大先生というのは若い担当医の上にいて、ボクの病気を診ている教授のことである。

「変だな、こんな夜の時間に大先生が顔を見せるなんて」

と、ボクは思った。教授クラスは週に一回、部下をひきつれて大名行列のように病室を回診して廻るだけだ。

「どうですか、早坂さん……」

「はぁ。心臓手術をひたすら待っております」

「心臓手術は、担当のW教授が名手だから、安心してまかせて下さい」

「はぁ。しかし、一向に手術日が決まらないのですが、どういうことなのでしょうか」

「……」

「胆石の検査ばかりしていて、少しイライラしております」

「そうですね、胆嚢の検査についてですが、少し面倒なようです」

「胆石でしょ。つまり石が詰まっているわけでしょう?」

「……ま、ただの石だと、いいんですがね」

「ただの石だと?……。じゃ、ただの石ではないということでしょうか」

「そうです。ただの石ではありません」

「……! 癌でありますか」

「そうです。胆嚢癌です」

そうか、やっと分かった。夜になって大先生がひょっこり病室に顔を見せたのは、癌の告知のためだったのだ。

「そうですか、胆嚢癌ですか」

ボクは、心筋梗塞よりすごいのがやってきたな、という感じで、それでも割合落着いた声で応対できたように思っているが、けっこう声が上《うわ》ずっていたかもしれない。

道理で、胆嚢を何度も何度も超音波で調べていたわけだ。——十五年前は、直接胆嚢の患部を採収して、組織検査にかける方法が確立してなかったので、もっぱら胆嚢癌の見立ては、超音波による検査に頼っていた。

「ですから……」

と、大先生は溜息のような声で、言葉をつなげた。

「心臓より、癌のほうの手術を先にします」

十五年前は、現在とちがって、癌の告知は極めて異例のことであった。

「私はね、早坂さんが医者の卵だったことで、告知の決心をしました」

大先生は、告知した理由に、ボクの経歴をあげている。医者の卵——とは少し大袈裟である。ボクは医学部に合格したが、医者への道を放棄している。〝卵〟にもならなかった男だ……。

「キャンサー……か」

それでも、癌の英語が頭にうかび、それがカニを意味していることを知っていたので、右腹のあたりに、甲羅の複雑なカニが一匹へばりついている姿を想像した……。

生まれる前のように

「胆嚢癌です、ですから手術をします」というだけのことだったから、いま考えると随分あっさりとした癌の告知だったと思う。

あまりにあっさりしていたのと、胆嚢癌という、胃癌などに比べりゃ耳慣れない癌なので、大した癌ではないんだと勝手に決めつけて、ボクは意外に平静な感じで癌の告知を受けとめたと、記憶している。

——手術すれば、なんてことはないんだろう。

とは思いつつも、早速に病気の本をとり寄せて、胆嚢癌の勉強にとりかかった。だが、勉強などするんじゃなかった……。

胆嚢癌は肝臓のすぐそばに発生するものだから、転移の危険に満ちた厄介な癌と書いてある。

急に不安になった。

——どの程度の癌か。

——手術の成功率は。

——転移の危険率は。

いろいろ聞きたいが、考えれば聞いてみてもはじまらないと思った。手術を是《ぜ》と決めたら、例えば危険率三十パーセントであろうが、四十八パーセントであろうが、どうでもいいことだ。方針をかえるほどの極端なデータでなければ、数字を聞くだけ、心配を複雑にするばかりである。

「何を食べてもいいですよ」

と担当の医者に言われた。これは、こたえた。大袈裟に言えば、治療の放棄ではないか。自分はそれほど末期の癌なのか。それゆえ、死ぬ前に好きなものを食べろということか。

そこでしょげる人もいれば、クソッタレ、そんなら食ってやると居なおる人もいるのだが、ボクは後者であった。

いや、それまで五十年間生きてきて、自分はどちらかといえば陰性な人間と思っていたが、死と向かい合ってみて、まるで性格テストを受けているように、自分のまことの性向が姿をあらわしていくのには驚いたものだった。

人間の性格など、土壇場になってみないと、なかなか正体をあらわさないものである。

ビフテキをとり寄せ、ウナギの蒲焼き、鯛の浜焼きを註文し、サザエ、アワビの刺身を食べた。どれも美味《おい》しかった。しかし、これが最後の食味かと思うと、一噛みが、四噛み、五噛みとなる。

「夕方までに帰るのでしたら、外出していいですよ」

外出の許可は、つまりは何か見たいものがあれば見てこいということか。末期《まつご》の見物というわけだ。ようし、見物に出かけるぞと考えた。だが、どこへ行くか。けっこうな難問である。芝居や映画は、見たくない。自分の仕事の範囲内のものは、まだ仕事への未練があって見たくないのだ。

そうだ、音楽を聞きに行こうと考えた。ロックや交響曲は強すぎる、演歌はもたれてたまらん、できるだけ、柔かく優しい音楽がいい。ちょうど、ビバルディの四季が演奏されており、あれなら、こよなく優しいと喜んで出かけて行った。

ところが何ということだ。演奏がはじまって一分もたたないうちに、激しくこみあげるものがあって、ボクは嗚咽《おえつ》してしまうではないか。それも、ウッ、ウッ、ウッ！　と声を放っての、激しい嗚咽だ。涙もあふれてボタボタとおちるという有様。

ビバルディの曲を聞いて、一分もたたないうちに嗚咽、感涙にむせぶ人間は、まずいないだろう。隣の人は、おどろいてボクを見ている。狂人のたぐいと思ったのかも知れん。あわててボクは会場を出た。思うに、自分では一生懸命に気を張って死と向かい合っていたのが、優しい音楽で、ふっとそのガードがほどけてしまい、胸奥にとじこめていた〝思い〟が噴出してきたにちがいない。

見舞客が差入れてくれた本に、E・キューブラー・ロスさんの『死ぬ瞬間』があったのには、参ってしまった。癌で、しかも心筋梗塞ともれ聞いた知人が、考えぬいて持ってきてくれた本だったのだ。この本は、死を予告された末期癌の患者たちが、どういう心理過程で死んでいくかを、臨床医の立場から分析している本だ。否認から始まり、怒り、取引き、沈鬱を経て死の受容に到るという五段階。

「そうか、この道順で死にたどりつけるのか」と、海図をもらった気分であった。ただ、最後の死の受容がよくわからない。ロスさんが書いている末期癌患者は、みなキリスト教の信者である。みな最後は安らかに死を受け入れている。

ボクは仏教徒だけれど、無信心きわまりない情緒的、儀式的仏教徒にすぎない。ああ、信仰を持っていればよかったと思ったが、信仰だけは付け焼き刃がきかない。

「死」とは一体なんなのか。どんな眺めになっているのか。考えまいと思っても、そこに思いが凝ってしまう。山口瞳さんではないが、どうやって死ねばよいのか——である。

空海が死ぬ直前に、弟子たちに言った言葉が残っている。

生まれ生まれ生まれ生まれて生の始めに暗く
死に死に死に死んで死の終わりに冥し

ボクはこの空海さんの言葉を、頭から信じようと思った。これは空海さんが、死ぬギリギリの瞬間に、死をクローズアップで眺めながら、実況中継のようにレポートしてくれた言葉である。勝手に解釈させてもらうと、死後の世界は、生まれる前のように暗いそうだ。生まれる前のように暗いなら、それはそれで安心だ。なぜなら、ボクは生まれる前が辛かった、苦しかったという記憶がない。――どうやら、死後は茫々と暗く、果てしなく浮遊して冥々としているらしい。

胆嚢切除の手術日は、なかなか決まらなかった。心筋梗塞の患者だから、途中で心臓が止まるおそれがある。それで心臓手術のチームをスタンバイさせての手術となるから、二チームがそろう日取りがなかなか決まらなかったのだ。

癌の告知を受けてから、二十三日目に手術となった。

告知された側からいえば、出来るだけ早く手術をしてほしい。考える時間が長いほど、患者は悶々として、死と格闘せねばならない。

死と格闘というよりも、生の執着との格闘といったほうが正しいのだろう。しかし、執着から身もだえして脱出していくときに、いい、あきらめを起爆剤に使うのは間違っているようだ。

さてさて、大袈裟に死ぬことはない。大騒ぎして死ぬこともない。英雄っぽく死ぬこともおかしい。つまりは、正岡子規さんのように、なおかつ平気で生きるのが一番なのだが、癌の告知は、平気で生き、平気で死ぬことへの第一歩として、も少し、上手に工夫してほしいと思うのだ。

一年有半

子規さんは一高時代に喀血《かっけつ》、死病とされていた肺結核となった。それで、鳴いて血を吐くホトトギス＝子規を自らの俳号に選んだのだが、やがて結核菌は背骨に到り、重篤な脊椎カリエスとなってしまった。

背骨の腰あたりにいくつも穴があき、そこから膿が出る。そこでガーゼをあてがうのだが、交換するときにガーゼが穴にこびりついているので、猛烈に痛い。

子規さんの住いは東京根岸にあって、山手線鶯谷駅から数百メートル離れているが、夜などは子規さんの悲鳴とも慟哭《どうこく》ともつかない声が、鶯谷駅員の耳にとどいたという。

ガーゼの交換は、もっぱら妹の律《りつ》さんの役目だ。子規さんの声にひるんでいては、ガーゼの交換はできないので、エイヤッとばかりガーゼをひっぱがす。ギャハーッと子規さん。

「律はまことに強情で、思いやりのない木石人間だ」

みたいなことを日記に書いて、ウップンを晴らすが、妹がいなくては闘病が続けられないことは彼自身がいちばん、よく承知している。だいたいが妹律さんは他家へ嫁いでいたのを、兄が血を吐いて倒れたと聞き、看病に帰らせていただきますと実家へかけつけたために離縁されてしまったひとである。

いちど子規さんは自殺をはかっている。

あまりに苦しく、痛く、先にあの世に旅立っている親友古白が夢枕に立つに及んで、子規さんは死のうと思い立った。妹は風呂に出かけている。母親には電信を依頼して独りになった。ナイフを手にした。どれほどのナイフかを、子規さんは日記に写生して書き残している。——結局、ナイフを投げ出し、声を出して泣いて、終った。

そうした闘病のさなか、『一年有半』という本が出て評判になった。

ルソーの「社会契約論」を訳して『民約訳解』で紹介して、東洋のルソーといわれた中江兆民さんは、喉頭癌となり、医者から余命一年半と告知を受ける。その残された一年半を見すえて書いたのが『一年有半』である。

実は、一年半たっても兆民さんは死なないのでさらに『続一年有半』を書き、二度目の一年有半の途中で亡くなった。

子規さんは、この評判の『一年有半』を読んで、こんなふうに批判しているのだ。

——中江兆民氏は、死病にとりつかれて、もうジタバタしない、あきらめの境地にたどりついたと書いているが、あきらめるというのは、どうもいただけない。〝死の約束〟は人間、うまれた瞬間からの約束ごとで、死病にとりつかれた人間だけのものではあるまい。そこで、あきらめるというよりは、なおかつ平気で生きるのが、望ましい有り様《よう》ではあるまいか。自分も脊椎カリエスという死病にとりつかれ、おそらく〃一年有半〃の身の上だが、なおかつ平気で生きようと決心しているのだ……。

　これが子規さんの、約束された死を前にしての心境である。〃平気で死ねる〃と〃なおかつ平気で生きる〃とは、似ているようで大変な違いである。生きることから出発するか、死ぬことから逆算するか、たとえていえば、表紙と裏表紙ぐらい違うのだ。〃あきらめ切った〃も〃平気で死ねる〃も、思えば〃なおかつ平気で生きる〃のすごさにはかなわない。

　さて、癌の告知を受けたボクは、なおかつ平気で生きる人となり得たか。

「外出は自由にして下さい」と医者にいわれ、末期《まつご》の音楽と思い、ビバルディの四季を聞きに行って激しく泣き出してしまったことは前に書いた。

　で、音楽鑑賞では失敗したが、やっぱり何か末期の見物はしたいと考えて、新聞紙面をさがすうちに、上野の東京国立博物館での『李朝の青磁展』を見つけた。

　これなら、気持が落ちついて良さそうだと、さっそく上野へ出かけた。上野公園のゆるやかな坂をのぼりながら、ふと考えた。このふとがよくなかったのだ。

「ひょっとして、自分はヒドイことをしてしまうかもしれない……」

オレはもう死んでしまうんだぞ。こんなものがなんだ！　割ってやる……と、国宝クラスの青磁の瓶を、ヤケになって打ち砕いてしまうかもしれない。

ふっと、青磁の瓶を割っている自分を想像してしまったのだ。いや、そんなことをするわけはない。いや、分からないぞ、お前はビバルディの四季で取り乱して号泣したではないか。とても平気な人間ではないぞ。平気とは正反対の、大凸凹気の人間だ。

平気の反対語として、あのときボクはあわてて凸凹気を造語してしまったりしたけれど、だんだん李朝の青磁を割ってしまう不安が強くなっていくのだ。

博物館が正面に見えるあたりで、ゼッタイお前は李朝の青磁を割ると確信してしまい、ピタリと足がとまった。それっきり、一歩も足が前へ出ない。

結局、李朝の青磁展は、末期の見物にはならなかった。それでも、末期の見物の許可を出してくれた病院に応えて、懸命に見物先を捜した。

たどりついたのは、水族館である。

池袋の高層ビルの空中階に、水族館があった。うすぐらい大水槽の前で、ただただ群泳してやまないアジを見、ただただ海底に佇《たたず》んで動かないタカアシガニを見ていると、ボクの凸凹気は、平らになって、平気に近づいていくではないか。

思えば、タカアシガニといい、アジといい、エイといい、魚たちはなんて見事に平気な生きものなんだろう。

水の中でも、水の底でも、平気で生きている。——あたりまえだ。魚はいつも水の中だ。いや、そのあたりまえな所に、平気で漂い、浮き泳いで生きている。

何もすることがないのに、平気だ。水槽の中から出られないのに、平気だ。ヘンな人間たちに見られているのに、平気だ。あしたの運命がわからないのに、ホントに平気で泳いだり、口をモゴモゴしているだけだ。

スゴーイ！　タカアシガニも、アジも、大平気の毎日じゃないか。

というようなことで、ボクは水族館のなかで、どんどん気持が凸凹でなくなり、平らな気持になっていった。

「平らな癌だといいなぁ」、平ら癌は性格が良く、凸状癌は悪質だと聞いているので、そんな感想が水泡のように浮かんでくる余裕も出てきたのである。しかし、なおかつ平気で生きるというのは、なおかつ難しいものであった。

そうでなくても、手術を前にしての癌や余命の告知は、おぞましいものだが、私にとっては、実はそんなに驚きではなかったのだ。

それというのも、私は八月六日に広島で炸裂したピカドンの被爆者《ヒバクシャ》だったからである。だから、戦後を生きてきたなかで、きっといつかは癌になるだろうと覚悟していた。

あの年の八月二十日すぎ、海軍兵学校の生徒だった私は、故郷の松山市に復員するため、原爆で廃墟となった広島市に入った。そして、尾道に向うため、呉線への乗りかえとなって、広島駅頭で夜明しをした。

目の前に広がる広島の闇は、折からの雨のせいで、数百、数千の燐光がチロチロと燃えて、それは恐しい悪夢のように美しく、十五歳の少年の体は震《ふる》えがとまらない。

それからなんと三十五年後に、私は東京の大学病院で高名なK教授から、癌と余命の宣告を受けるのだが、何という偶然か、あの日の夜明け、力なくうずくまっている私たちのそばを東京の軍医学校から調査と治療のために派遣された軍医たちが市内に入って行ったのだが、その中の一番若い軍医がK教授だったのだ。

つまりK教授と私はヒロシマでのヒバク者同志なのだ。

だから、告知の様子も、他の医者と患者とは大きく様子がちがっていた。

「アレのせいなんですね」と私。

「たぶん、そうだと考えています」とK教授。

「やっと、ヒバクシャの仲間入りができたんですね」

思わず嬉しそうに声を出して、K教授の微笑すらさそってしまった。

癌になって嬉しいはずはない。これは私の〝入市・滞留被爆〟が、八月六日の投下の二週間以内に三日はずれているというので、私を被爆者認定からはずした厚生省の小役人に対する鬱憤なのだ。それ以後も、その線引きは頑なに守り通している無智への怒りと思ってほしい。

K教授は一冊の本を私の前に置いた。

――中江兆民『一年有半』。

喉頭癌となった兆民が、余命一年半と告知されてノドに入れられた管に、豆腐を押し込みながら、意気高らかに書いた本だという。

「あなたと同じ年の五十代での発症です」とK教授。

『われは虚無海上をゆく一虚舟なり』と宣言して、百年早かった主権在民論を展開してやまない気迫に、目をみはる思いだった。そのころ私はNHKテレビで『夢千代日記』を書きはじめたときである。胎内被曝しながら産まれた山陰の芸者が、お座敷で倒れながら生きていく話だ。――それを書き続けなさいという、ヒバクシャ同志のK教授の励ましだった……。

私は手術をくりかえしながら、夢千代日記シリーズを書きすすめた。

そして、K教授はもう一冊の本を読めと私の前においてくれた。

——正岡子規の『仰臥漫録』。

脊椎カリエスという難病にとりつかれ、病床六尺で泣きながら、叫びながら、それでもふければ飛ぶよな五・七・五の俳句に命をかけた苦闘の記録だ。その中で、中江兆民の『一年有半』にふれている。

『平気で死ぬのが、そんなに偉いか。平気で生きるほうが、もっと偉いんだ』

私は再び目からウロコがおちた。——あんまり頑張るだけではいけないよ、とK教授は教えてくれたのである。そのうち癌は下半身に発症。すばやく転移して、その度に手術となる。こんどは早坂さんの『仰臥漫録』を書いたら、ともいわれた。というちにK教授は大腸癌となって、ヒバクシャの死をとげた。

私はとても、松山の大先輩のような渾身の記録は書けない。でもK教授にささげるつもりで、子規さんの大親友夏目漱石の『草枕』をもじって、『癌枕』をつくってみた。まあ、K先生、笑いながら読んで下さい。

『おいと呼んだが返事がない。

当り前だね、癌にや耳ない、口もない。

ベッドで転々《ごろごろ》しながら、こう考えた。


〝草枕〟ふう〝癌枕〟

血に働いて癌はあちこち転移するんだろ。

メスに頼れば、窮屈になるね。

とかくお医者は切りたがる。

今に五臓六腑はなくなろう。

思えば癌もわが身内。狂うていてもわが家族。どこに怨みも云やしない。

せめて、どなたか、云ってくれ。

死ぬのは、そんなに怖くない。怖がらなくていいんだよ。

――タハッ、宮沢賢治さんの声がした。

どこへ逃げても、天国か、地獄。ホントはどちらも私にゃ住みにくい。

いっそ癌を愛しと抱きしめて、癌と道行きと悟ってみれば、詩が生まれて画ができる。これ
漱石センセのご託宣。

では記念の写真を撮りましょか。

――タハッ、心の母の島倉千代子サンの声がする。

おいと声をかけたがやっぱり返事がない。癌ちゃん、ほんとお前は愛想がないね。おーい、
癌ちゃん！……オーイ癌チャン……。

コダマデショウカ』

これを毎夜唱えてみると、コダマのくりかえしのあたりでなんと私は熟睡できるのだ。
コノママ死ンデモ、カマワンヨ……。
カマワンゾ、ナモシ……。ナモシ……。

〝草枕〟ふう〝癌枕〟

第2章

おかしく、哀しい人びと

小豆島でテレビ番組ロケ中。

シナリオ不作法

　ぼくは何も判らずにシナリオを書きはじめた。誰もシナリオの書き方を教えてくれないし、教えてくれるような人が周囲にいなかった。

　最初にぼくにシナリオを書かせた人は、いかにも面倒臭げに「好きなように書いてごらんよ、具合の悪い時はその時考えりゃいいいんだから」といってくれた。

　これは実に素晴らしい助言だった。

　それ以来、ぼくは好きなようにシナリオを書いてきた。なにしろ具合が悪ければ、その時考えりゃいいんだから気が楽である。

　ラフカディオ・ハーンの小説作法に〝自分の一番書きたいところから書き出せ〟とある。ハーン、ハーンもそんなことといっているかと、それにも力づけられて一層好きなように書いている。

　書きたいところから書きだすのだから、当然、〝起承転結〟とはならない。いきなり結からはじまり転々として起で終ったりしてしまう。いかさま不恰好に思えて思案しなおすのだが、見渡せば今の世に起承転結、絵のようなドラマなど一向見当らず、毎日つきつけられる〝生きたドラマ〟は容易ならざる展開ぶりを見せてくれるので、これでいいのじゃないかと腰を落着ける。

シナリオを書きはじめてから、ある時、ちゃんとしたシナリオライターの仕事ぶりに接することがあった。それを見てぼくのシナリオ作業は随分変則であるのを知った。

なにしろ、ぼくはハコ書きなる作業が欠落しているのだ。ハコ書きとはつまり構成表だ。ガッチリと構成をきめてからプロのシナリオライターたちはシナリオにとりかかる。

まったく自分はアマチュアだなあと思った。

そこでぼくもハコ書きに挑戦してみた。

結果からいうと、ひどく惨めな気分になった。

確かにハコ書きを作ると構成はガッチリとなっていくのだが、シーンとシーンとがどんどんと論理的なつながりを増し、その分だけ感性が蒸発していく。〝これじゃ干物だ〟というのがぼくの実感だった。

ぼくにとっては、あるシーンは、その前のシーンが充実しなければ成立せず、前のシーンが充実するということは、プロットでなくシナリオとして完成していることだから、どうしてもシナリオを書きながらでないと先のシーンは決定していかないのだ。

それに、ハコ書きが出来上がってからではなんともシナリオを書くのがつまらない。もう決まってしまった運命を生きるようでつまらない。――つまらない、とはいかにも素人くさい言い草で、ちゃんとしたプロなら、こんなことはいわないだろうと思うのだ。

そんなわけで、ぼくはいつもお先真っ暗でシナリオを書いていく。一応打合わせなどして、結末はこんな具合になるでしょうと決めてあっても、出来上ると大抵は似ても似つかぬ結末になって恥かしい思いがする。しかし、われわれとても、大抵はこと志と反する生き方をしているではないか。シナリオの中だとて、そうそう甘くは生きてはいけない。

では何の構想もなくお前はシナリオを書くのかと聞かれると、ぼくにだって構想はある。目指すものはある。その目指すべき目標にむかって、ともかく歩き出す方式なのである。ともかく歩き出すのが、ぼくのやり方だから簡単である。ただその歩き出し方が、いつも問題である。どんなリズムで歩き出すのか、どんないでたちで出発するのか、それに苦労する。

楽譜をみると、その冒手に3／4とか4／4とか、リズムの刻み方が表示してある、ぼくにはハコ書きよりも、それの方が大きな磁石である。

リズムがきまれば、気ままな演奏をはじめる。すこぶる生理的な即興曲である。

しかしこれは大変危なっかしいやり方だ。なぜなら、即興は気がのらなければ、極めて不様《ぶざま》である。従って賢明なプロは決してこんな方法はとらない。

だから、ぼくなんかにシナリオ作法を聞いても、誰れの役にも立たない。つまりは、ぼくは勘で書いているだけである。お先真っ暗な座頭市剣法だ。座頭市君は、勘で相手を斬っているま、あれほどの冴えはないけれど、あれに似たようなもんだ。

とはいうものの、座頭市の勘だって、あれは匂いと音の座標軸で相手の位置を結んでいるのである。ただの勘だけでシナリオが書けるわけがないと叱られる。


ちゃんとしたシナリオライターの仕事ぶりを見ていると、登場人物の性格や履歴をこまごまとノートしている。ハコ書きには閉口したぼくだが、この作業には大いに共鳴した。主人公がどんな人間であるかが定まらなくては動きようも、動かせようもないのだから、ぼくも主人公の造型には一生懸命になる。ただその時努めて心理的な造型よりも生理的な造型に力をそそぐようにしている。


例えば国定忠治を描くことになったとしよう。

もちろん資料を読んでみる。すると、彼が上州の生糸産業に寄生したダニであることはすぐ判る。ま、そのことはさて置いて先を読みすすむと、彼は五尺そこそこの小男であったことを知る。さらに妾が大女であったことも判る。ぼくは忽ち昂奮をして、小男の忠治が大女の妾にしがみついてファックしている姿を思いうかべてしまう。するともう、ぼくの忠治は生き生きと動き出しそうになる。それでもまだ我慢して読みすすむと、彼が関八州の役人に追われて赤城の山に立てこもったと書いてある。それも二年や三年ではない。六、七年の長きにわたっている。(六、七年でないかも知れません、そこいらは例え話なのでご勘弁)

その間忠治はお上の捜査網をくぐりぬけ、里に姿をあらわして賭場をひらいている。これは度胸があるというより、情報集めが巧みであるとみたほうがいいぞ。彼は仲々細心な男であるらしい。そうでなきゃ、何年もの間、捜査網の目をくぐって生き続けられるわけがない。

そこで忽ち、ぼくは厠にしゃがんでいる忠治を空想する。

妾の家の厠だ。用心深い彼は厠の中でも脇差しを離さない。しかし、うーんうーんと唸っている。便秘しているのだ。細心な上に神経を張りつめているものだからどうしても便秘になってしまう。おそらく、忠治のウンコは太くて、ボロッと丸かったにちがいない。鶏型である。さらに山ごもりが続いているのだから、ビタミンCが欠乏していて絶対に鶏型便秘症にちがいない。この状態が何年もとなれば、それはもう切れ痔であることはこれも疑いもない。

長くて辛い厠がすんで、出てくる忠治は及び腰。——こうなると、ぼくの忠治は一層生き生きとしてきて、もう勝手に動き出してくれるのである。

どうも例えが尾籠になってしまったが、しかしぼくにとっては、かかる生理的な造型が、忠治の持っているなんとかという刀のように、力強い味方なのである。

生理用品が最も非生理的な映像でコマーシャルされるように、極めて生理的なわが主人公にはできるだけ非生理的なシナリオの旅をさせようと、ぼくはいつも思う。アンネのコマーシャルが明るく幻想的であればあるほど女の生理は生々しく伝わってくるのだ。

もっとも素晴らしい旅は、極めて日常的で、それでいて抽象的な旅である。

その見事なお手本がカフカの『変身』で、小説ではあるが、実に具体的で視覚的で素晴らしいシナリオなのである。

ある朝ベッドで目覚めた主人公は、自分が大きな虫になっているのに気づく。おきあがろうともがくが、何十本とある足がもぞもぞとうごめくだけである。素晴らしく生理的なのだ。それでも主人公は会社に出かけなくてはと気をもむ、素晴らしく日常的なのだ。

主人公の妹は自分の兄が虫になったことを知って、悲しみながらリンゴを与えようと寝室へ入ってくる。思わず近づこうとすると、妹は悲鳴をあげてリンゴをぶっつけてしまう。リンゴは主人公の虫の身体にめりこんでしまった。ここに至って、生理的な昂奮は頂点に達してしまうのだが、同時に素晴しく抽象的な昂奮にもなっているのである。

もちろん、ぼくにはカフカのような素晴しいシナリオは書けそうにないし、またカフカのようなシナリオでは決して映像化されまいから、きわめてその下流できわめて下品に生理化し、きわめて猥雑に抽象化するしかない。

それにしてもシナリオはそれ自体で力をもたないものだろうか。それ自体で完結し得ないものだろうか。映像化されないシナリオは、落ちた代議士と同じなのだろうか。

シナリオライターとはどうやら花嫁の父で大事に育てたわが娘は、カントクという下品な男どもに女にしてもらうわけである。

だがぼくは、シナリオは映像化されなくても、断乎としてシナリオだし、シナリオはそれ自体で完結した映像世界を持っていると考えている。

だからぼくは自分のシナリオを監督やディレクターに渡す時にはすでに映像化は完了している。いってみれば、娘をカントクの嫁に出す前に自分で女にしてやっているのである。

実に生理的で、気分がよろしい。

しかしプロは決してこんなことを口にしませんね。

アカリのおじさん

大学にいたころ、演劇の照明を教えに来ている講師に誘われて、ストリップ劇場のアルバイトをしたことがある。

川崎市の駅ちかく、もとは映画館だったというK劇場は、ストリップ劇場らしからぬ定員七百人という大きなハコだ。

「よろしく、お願いします」

照明室は映写室をほとんどそのままに使っており、照明係のおじさんは冬近いというのに、薄い丸首シャツ一枚、首に手拭をまいている。

「しっかり手順をおぼえろよ。オレ一人じゃ飯くうヒマもないんだ」

香盤表というものが渡された。出演ストリッパーたちの名前と、数字が入っている。数字は照明にかける色パラフィンの番号である。

しかし、せまい照明室の暑さはどうだ。三十メートル離れた舞台に光を送りとどける照明器は、ちょっとしたミサイルほどの大きさで、夥《おびただ》しい熱量を放散する。

「ようく見とけよ。動きの激しい子はムリだけど、そうだなあ、トップのローザと、四番手のナナ子は、ほとんど居付《いつ》きだから、この二人に当ててみろ」

なるほど、ローザとナナ子は日舞ショウで、ほとんど動かないで衣装を脱いでいる。一度、色を変えるだけでいいから、ボクにも出来た。

暑いのさえ我慢すれば、ギャラをもらって、裸を見物できるのだから、いいアルバイトだと、紹介してくれた講師に感謝した。

それに、ストリッパーたちは、自分たちに良いアカリを当ててもらいたくて、食べるものを差入れてきたり、舞台から照明係に妖しいウインクを送ったりする。

「おい。いくら彼女らから誘われても、デキたらクビだぞ」

「クビですか……」

「前いた照明助手は、それでクビだ。その前のもだ……」

一人の踊り子とデキると、てきめんに照明の当て方に変化があらわれ、ほかの踊り子たちは猛然と反撥してボイコット運動にまで発展することがある。

「なんかオーバーですね」

「お前はストリップの照明係がなんたるかを知らないんだ」

照明のおじさんは演説調になっている。

十日ほどたった或る日、ボクはストリップ劇場の照明係のなんたるかを知った。

「来てるよ！」

照明室のドアがあいて、モギリのおばさんの鋭い声が飛びこんできた。

「ちッ！　まずいなあ……」

照明係のおじさんは舌打ちをして、舞台に目を据えた。警察の風紀係の刑事が来たというのに、一番過激なストリップをみせるマリアン桃井が舞台に出ている。そのころは、ヘアをみせることはご法度《はっと》であったが、マリアンはときとしてヘアをみせて、評判をとっているのである。

刑事のほうも心得ている。マリアンが楽屋にいるときに顔を出せば、いち早くご注進されて彼女の舞台は大人しいストリップになってしまう。

照明を点滅させた。これは刑事が来ているという暗号である。ところが生憎、マリアンは点滅の瞬間に仮面をかむってしまった。

「気がつかねェかなあ」

と、思う間もなく、彼女は大胆にヘアを隠しているツンパをはぎとったのだ。その瞬間、場内の照明は消えた。電源を切ったのは、照明のおじさんだ。

つまり、踊り子と照明係は同志的な連帯感で結ばれているのである。

「そうか、同志なんですねぇ」

ボクが思わず溜息をつくと、

「バカヤロー。そんなもんじゃねえ。なんかあったら、あの子らも、こっちも一緒にしょっぴかれるが、あの子らは大ていお説教ぐらいで、ぶちこまれるのは、照明係のオレたちなんだ」

「えッ、照明係がぶちこまれるんですか。だって、見せたのは彼女らでしょう」

「バカヤロー。見せてもなあ、アレはアカリをあてなきゃ見えねえんだ。……つまり、照明係が一番悪いということになるんだ」

「……なんか変ですねぇ」

「変でもそうなっているんだ。オレも納得がいかないから、どこか変だと突っ張ったんだが、お前がアカリをあてたから、皆んなに見えたんだ。お前が悪い、といわれると、そうかなあという気分になるんだよ……」

事実、ストリップ劇場のワイセツ物陳列罪は、劇場主や踊り子がぶちこまれるのではなく、熱い照明器にひたすら汗している照明係がぶちこまれる。

「あんたは学生だろ。別のアルバイトをさがさないと、ケイレキにシミがつくぜ」

親切なおじさんの忠告によって、ボクは経歴に染みをつけずにすんだ。

当時、東京はお膝もとかで、ストリップの規制が日本一厳しかった。しかし、東京をとりまく神奈川、千葉の県境には、過激なストリップ嬢と決死の照明係が集結して、ヘア解禁へのゲリラ闘争が激しくなっていった。

西船橋ミュージック、草加劇場、生麦ミュージック、鶴見ＯＳなどなど、東京から押しかける男たちが、劇場の中を怒濤のように動きまわる。だいたい、前の席からうまっていくのはストリップ劇場だけだが、踊り子が過激なポーズをすると、その一点に三方から男たちが殺到する。一番前の観客は、「死ぬぞー！」と悲鳴をあげる。「死んでしまえー！」とうしろの客は叫び、「頭をさげろォーッ！」と絶叫する。――オーバーな描写ではない。まったく恥しくもなく、この通りの光景だった。

踊り子が左に動けば、男たちは左になびき、デベソといわれる突き出しステージに踊り子が出てくると、前方の男たちは、うちかえす波のようにド、ド、ドーッと引きかえす。

まったく、あのころの西船橋ミュージックは、格闘技そのもののストリップ観賞であった。嘘でなく、ストリップ劇場で、しばしば骨折者が出たのである。しかし、ストリップの革命は、明治維新のように、西からノロシをあげた。いわゆる〝関西ストリップ〟だ。

東京では、有楽町の日本劇場に、日劇ミュージックホールをつくり、パリのムーラン・ルージュやリドのような美しく洒落《しゃれ》たヌードをみせヌードの殿堂と称して関西ストリップに対抗する。ここでは外人客が観光のスポットとして、夫人同伴で座席にすわり、日本女性の西欧に負けなくなった美しい体を観賞したものだ。

だが関西ストリップは、美しい女体よりか、激しいセックス表現を次々と開拓していく。それは、いちじるしい高度成長を見せる日本経済のように、大胆、斬新、意表をつく技術革新とよく似た眺めだった。

田舎天才

田舎天才は、いつも悲しい。

この夏の終りに石川啄木の故郷、岩手の渋民へ行った。啄木が通った渋民小学校が北上川を遠く見下ろす丘の上に今も保存されて残っている。

村民から神童と評判された彼は盛岡中学に進むが、家庭の事情でさらに上級の学校へ行くことが出来ないと知るや、独力で身を立てようと中学を中退して上京した。

与謝野晶子の新詩社に出入りして、あふれるばかりの才能は認められるが、明治三十年代では詩で食べられない。学歴がないので就職も出来ず、失意の帰郷をした。かつて神童とよばれた教室で啄木は日本一の代用教員を自負して、二年生を教える。

そのかみの神童の名のかなしさよ
ふるさとに来て泣くはそのこと

太い材木でつくられた暗い教室の一隅に、音の出ないオルガンが置いてあった。

その代用教員も一年で辞め、おまけに一家離散、それこそ石もて追われるごとく北を目指す。

先ごろ平賀源内のことで対談をした。平賀源内は、江戸中期に四国讃岐から江戸に出てきて、エレキテルをつくったり、戯曲をものにしたり、物産展をひらき、鉱山を開発したり、また洋画を描いたりのマルチ天才といわれた人物だ。

「平賀源内は二流か三流です。エレキテルだって、自分の発明でもなく、オランダ語も読めない、学者として完成するでもなく、万芸あって一心たらずです」

私は、この源内二流説に反撥《はんぱつ》した。源内は高松藩の蔵番の子である。一人扶持切米三石の身分の家だ。源内は別に学者たらんとしたのではない、戯作者として身を立てようとしたのでもない。あふれるばかりの才能を持って生まれた源内は、讃岐にいては足軽の身分から脱出できないと見て、江戸を目指すのだ。本草学や物産展、エレキテルや寒暖計をつくってみたのも、世におのれを認めさせたいためのパフォーマンスで、決して一学者、一画家を目指したわけではない。万芸の一芸をとりあげて、それが二流三流だときめつけては源内が気の毒である。

「源内は本草学の分野で天才であったわけではないし、西洋化学の天才でもない、まして戯曲の天才でもない。しかし、源内は天才です。れっきとした田舎天才です。どういう天才かというと、時代の天才です。時代の風向きを感じる天才です。今の言葉でいうと、情報の天才です。ですから、彼は足軽の子から脱出して、時代を興《おこ》したかったのだろうと思います。来たるべき時代を企業化したかった天才だと思います」

と、私は〝一心のない田舎天才〟源内を弁護する。たしかにエレキテルをつくって見世物にしたし、金山、鉄山を手がける〝大山師〟でもある。西洋画、源内焼も、人を驚かせるための道具ではなく、なんとか時代に爪を立てて、おのれの方に引き寄せようとする源内のあがきのパフォーマンスにすぎない。

もし、時代がもう少し成熟していたら、源内の才能は世に受け入れられたにちがいないが、源内の才を企業化する社会基盤がなかったのだ。

源内はある日、あやまって人を殺傷する。自分のアイデアを盗もうとした男を斬ったとか、いや、それは源内の思いちがいであったとか、あるいは突然の乱心で知人に斬りつけたとか、諸説があるが、つまりは殺傷罪で伝馬町に投獄される。きっと、源内は発作的に人に斬りかかったのだろう。どうしても世に入れられない苛立ちに、誰でもいい、そばにいた人間に斬りかかったのではないか。いってみれば、源内は自分を買ってくれない時代に斬りつけたのだ。

ついに、讃岐の生んだ非常の田舎天才は牢内で獄死という悲惨に終わる。

北海道へ渡った石川啄木は、わずか一年の間を函館日日新聞社、北門新報社、小樽日報社、釧路新聞社と道内を転々とする。

自らの才能を信じ、天才をもって任じる啄木は、最果《さいはて》の地の新聞記者では我慢ならなかったのだ。しかし、いかに文才に恵まれていても、正規の学歴がないため、下積みの運命は北海道でもかわりはない。実力本位の職場と信じた新聞社でも、おのれの才能とはくらべようもない凡庸な人物が上役なのだ。

死にたくはないかと言へばこれ見よと
咽喉《のんど》の傷《きず》を見せし女かな

釧路の芸者小奴を詠んだ歌だ。啄木は釧路で死にたくはないと思う。

『いかにしても今一度、是非に今一度、東京に出て自らの文学的運命を極度まで試験せねばと決心しては矢も楯《たて》もたまらず』（森鷗外あての手紙）、もう一度東京を目指して南下した。

啄木は今度はおのれの天才を小説に結実させて見せようと、いくつかの小説を書くのだが、いずれも黙殺されてしまった。
『頭がすっかり歌になっている。何を見ても何を聞いても皆歌だ』
と、日記に書いているように、啄木の才能は小説ではなく歌に結露しているのだ。
しかし、こうも詠む。

　友がみなわれよりえらく見ゆる日よ
　　花を買ひ来て妻としたしむ

太宰治ではないが、天才は、いつも〝選ばれし者の恍惚と不安〟に戦《おのの》く。自分の天才を恃《たの》んではいるものの、あまりの受け入れられなさに、ふと不安になるのだ。ちゃんと生活している友のほうが偉いのではないかと。

　打明けて語りて何か損をせしごとく思ひて友とわかれぬ

そういえば太宰治だって、津軽の田舎天才である。実に甘えた天才であったかもしれないが、その傾《かぶ》き加減は見事に天才だった。天才は傾いているのである。傾いているのだ。危うく傾いているから天才なのである。

人がみな同じ方角に向いて行くそれを横より見てゐる心

しかし、傾いているから、危うく転んでしまう。

太宰治は情死という形で転んだ。三十九歳だったかと思う。

啄木も妻子を見棄てた。太宰のように見棄てたのではない。函館の借家に置いたまま、妻子に送るべく前借した金で、〝身体も心もとろけるような楽しみ〟を求めて浅草の淫売窟を彷徨する。

幼い娘とシュウトメの三人で啄木の迎えを待っていた妻の節子は、函館の小学校の代用教員となって、その月給十二円で懸命に生活を支えていた。

ようやく朝日新聞社の校正係に採用された啄木は、それでも家族を呼びよせはしない。そのころに書かれたローマ字日記は、すさまじくも、汚い啄木の吐瀉物のようなものである。

『現在の夫婦制度――すべての社会制度は間違いだらけだ。予はなぜ親や妻や子のために束縛されねばならぬのか？　親や妻や子は、なぜ予の犠牲とならねばならぬのか』

その日記に、老いたる母から来た悲しき手紙が写されている。母は、函館に取り残されて、前後の見境もなく、息子に東京に引き取ってくれと強要しているのだ。

『おまへのつがうは、なんにちごろよびくださるか。ぜひしらせてくれよ。へんじなきときは、こちらしまひ、みなまゐりますから、そのしたくなされませ』

本当に老母と妻子は上京してくる。困惑した啄木は本郷弓町の二階を借りて、家族との生活をはじめた。

老母は結核であった。妻の節子も、体がすこぶる不調である。せまい二階屋で共に生活する啄木は、母の結核に感染してしまう。節子も肺結核で死んだのだから、この時すでに感染していたのだろう。

『母の生存は悲しくも私と家族とのために何よりの不幸だ！』

と日記に書いてあるが、あの有名な、

たはむれに母を背負ひてそのあまり
軽きに泣きて三歩あゆまず

は、寺山修司の解釈ではないが、母を背負って捨てに行こうとする歌かもしれない。

ついに、節子は娘をつれて家出、盛岡の実家へ帰ってしまう。

「かかあに逃げられあんした」

啄木は頭を掻いて友の金田一京助に報告している。やがて、

「あれ無しには私はとても生きられない。亭主の自分からは、切り出せないから、あなたから戻るように手紙を出して下さいませんか。私が可哀そうだと、意気地なく泣いている様に書いてもよいし……」

と金田一に訴える。「私が可哀そうだ」からと訴える甘えが、天才の傾きである。太宰の甘えの傾きも同様だ。

源内は、知り合いに斬りかかるが、啄木は妻に斬りかかる。太宰は同棲している女に斬りかかり、もたれかかって、玉川上水に沈む。

しかし、同じように田舎天才であった宮沢賢治はどうであったか。賢治は他の人間には斬りかからない。しいていえば愛する妹に深く傾くが、妹はさきに死んでしまう。あとは、自分に斬りかかるのだ。

そういえば、ゴッホもそうだった。オランダ生まれの牧師の息子ゴッホは、牧師になり切れず、実に不器用なかたちで画の天才を開花させていく。

港町の子持ちの娼婦シーンは病んでいた。ゴッホはそのシーンと生活をはじめる。弟のテオに生活費を送ってもらいながら、病んだ娼婦を助けようとして、自分も悪い病気をうつされる。

「兄さん、そのままでは兄さんが死んでしまう」

弟のテオに引き離されてパリに向かうゴッホは、南仏で自分の耳をそぎ落としてしまう。ゴッホという田舎天才は、容赦なく自分を傷つけてやまない。

そうだ。佐藤春夫に〝吹けば飛ぶよな天才〟といわれた三島由紀夫も、自ら割腹し、首をはねてもらって死んでいる。

三島由紀夫は、東京出身だから田舎天才ではないといわれるだろうが、私の使っている〝田舎天才〟の意味は、世に出ようと懸命に志している天才をいっているのだ。

こうしてみると、いずれの田舎天才も己れに傾き、己れを恃《たの》み、悲惨な倒れ方をしている。

啄木は二十六歳の春、結核で衰弱する。翌年に不幸な存在の母が、肺結核で死ぬと、その死を待っていたかのように、一ト月ほどのうちに息を引きとった。啄木が死んだ時、妻の節子は八ヵ月の身重であった。すでに肺結核で身体を侵されていたが、その子を産んで、啄木のあとを追うように死んだ。

田舎天才は、常ならぬ形で傾いているので、そばにいる人は、天才を支えなくてはならない。しかし、ただの支え方では天才は支え切れないのである。天才は支える人に感謝の言葉を口にすることはあるが、実は田舎天才はおのれの才能に仕えているから、おのれの才能に陶酔し、讃美する司祭者なのであるから、つい支える人の痛みや辛さへの配慮が薄いのだ。

こうしてみると、わが体内に天才を抱いて生まれてきた人は、まことに不幸な人といわねばならない。そして、田舎天才によりかかられた身近の人も不幸な人たちである。いくたの田舎天才たちの恍惚を有難く享受している只の人である自分が、まことに幸せに思えてくる。しかし、只の人には恍惚がない。

底知れぬ謎に対《むか》ひてあるごとし
死児のひたひ（額）にまたも手をやる

ように、私たちは天才そのものに対して底知れぬ謎を持って眺めるしかないのだ。ただ、田舎天才はことごとく悲惨な最期をとげてしまうかというと、そうでもないようだ。私は、田舎天才で天寿をまっとうした人を一人だけ知っている。

小林一茶だ。

一茶を田舎天才と見る人は少ないようだが、『痩せ蛙負けるな一茶これにあり』『あの月を取つてくれろと泣く子かな』『猫の子のちよいと押へる木の葉かな』の童謡詩人ふうの句にまどわされて、一茶の傾《かぶ》く心をつい見落としてしまうのだ。

信濃の貧農の子にうまれた子が、江戸に出て宗匠になった。

なかなか難しいことである。ふつう俳諧の宗匠は、みな余裕のある階級の出であった。武家か、富裕な商人か――。俳諧はそういう人たちの嗜《たしな》みなのだ。たぶん、江戸で貧農の出身で俳諧の宗匠となったのは一茶だけであろう。よほどの才能に恵まれてなくては、はじき出されてしまう差別社会と言ってもいい。

一茶は、十五歳で江戸へ奉公に出るのだが、数軒の家を転々としていたらしい。田舎天才はいつでも一ヵ所にとどまらない。

それがいつの間にか葛飾派の老俳二六庵《にろくあん》を襲名するようになったのだ。一茶は二六庵の名跡を懐に西国を旅して、俳諧宗匠の地位を固めていくのだが、一茶の田舎天才ぶりが発揮されるのは五十歳からだ。

郷里の信濃に帰った一茶は、弟に土地を半分よこせと迫った。弟にしてみれば若い時から家をとび出し、江戸のほうで気楽そうに生活してきた兄が、突然何十年ぶりで帰ってきて、田を半分取り上げようというのだ。その田畑も、兄が家を出てから、母と共に懸命に守り、そして増してきたものである。兄の一茶は、その間、何の手助けもしていないのだ。しかし、田舎天才の一茶は、訴訟を起こして、田地の半分を自分のものとするが、田地を耕したりは自分ではしない。五十二歳ではじめて結婚した妻の菊が田地を耕し、一茶は俳諧一筋の道だ。菊は二十四歳も年下の、まるで娘のような元気な妻である。

日記には、『夕方一雨、夜五交合』とか『夫婦月見。三交』とか夫婦の交わりの回数までをあけすけに書いている。それも尋常な回数ではない。きっと若妻をもらった見栄を記したとしか思えないが、ここから田舎天才の傾きがはっきりしてくるのだ。その妻も若くして死に、すぐに一茶は雪という後妻をもらう。この雪とはすぐに離婚、自ら中風で倒れるのだが、口も不自由になった一茶老人は三十二歳年下のやをと結婚した。そして翌年、死ぬ。啄木と同じく残された妻の体内には子供が宿っていた。享年六十五歳。見事に傾き、そして長寿した田舎天才ではないか。

雪行けく都のたはけ待ち居らん

百姓にとって、雪見など馬鹿げたことであったのだ。農民の気分だけを持ち、土に執着したので、一茶は他の田舎天才の運命を危うくまぬかれたのだろう。

偽せ者

長崎から電話があった。

「早坂……暁さんですか」

なにか窓の外から窺《うかが》っているような口ぶりである。

「そうですが」

「ご本人、ですね」

「あなたは、どなたですか」

「失礼しました。長崎で小さな出版社に勤めているKです。まことに、変な質問ですが、早坂暁さんご自身でいらっしゃいますね」

「はい。私は早坂暁本人です」

少し、間があった。

「長崎にお住いを持っていますか」

「住い？　いいえ、私の住いは東京です。長崎へは、今年は何度か伺いましたがね」

ちょうど、長崎を舞台にしたテレビドラマを書いていたので、二度ほど取材に行った。

「……体の不自由な息子さんがいらっしゃいますか」

「体の不自由な?……私は子供がいません」

絶句したように沈黙があって、

「どうも失礼しました」

電話を切りそうになった。

「ちょっと待って下さいよ。いきなり電話をしてきて、変な質問するだけで切られたのでは、たまりません。こんどは、こっちから質問します」

「はあ、どうぞ……」

困った様子が声の調子に出ている。

「なぜ、こんな電話をしてこられたか、理由を教えて下さい」

「……実は、早坂暁さんが長崎に住んでおられるので、確認の電話をしてみたのです」

「私が長崎に住んでいる……」

「はあ。もう一年ぐらい前から。奥さんと、体の不自由なお子さんと、三人家族で……」

狐につままれたとは、こんな感じであろう。

「同姓同名の人ですか……」

「いえ。『夢千代日記』を書き、『ダウンタウン・ヒーローズ』も書いている早坂だと、ご本人がおっしゃってます」

「待って下さい。そのご本人は、私以外にいないはずですよ」

「いや、やっと今、そのことが判りました。こちらにいる早坂さんは、別人、というか、偽せ者というのが判明できました。どうも失礼しました」

また切りそうになるのを押しとどめて、詳しい事情を聞いた。

その長崎の早坂暁氏は去年の末ごろから長崎に住みはじめたそうである。

近所の喫茶店によく出入りするようになり、そのうち、「自分はシナリオや小説を書いている早坂暁だ」と喫茶店の主人に名乗った。店の主人は、その名を知っていたので、友人の出版社員に「おもしろい人が長崎に住むようになったよ」と知らせた。

ごく内輪の人たちが、〝早坂暁〟を囲んで話を聞くようになった。東京のテレビ界や出版界の話などを聞いて「いい話をしてもらえる人に住んでもらって、良かった」とKさんたちは思った。

六月、長崎の新聞に、早坂暁氏の『華日記』という小説が文学賞をもらったので、その授賞式が写真入りで掲《の》った。東京会館で、となっている。

「あれッ、おかしいな」

Kさんは授賞式の日をもう一度確認した。その日はたしか長崎の早坂暁氏は、いつもの喫茶店に姿を見せていた。授賞式のあった六時ごろは間違いなく長崎にいた。それで、NHKに問い合わせて本人確認の電話となったわけである。

「あなたは私の顔を知らなかったわけですね」

「いいえ、写真や、テレビに出ているのを見て知っています」

「えッ、私の顔を知っていて……。じゃ、その長崎の早坂さんは、私に似ているのですか」

「ええ、よく似ています。ですから、私どもも、すっかり信じたのです。失礼しました」

「いや、失礼どころか、確認の電話をして下さって、有難かったです。おかげで私の偽せ者がいるのが判りましたから」

実は以前に、ある温泉地の旅館から、私あてに請求書が届いた。開けてみると二ヵ月近くの宿泊代の請求である。芸者まで呼んでいて、百万を越える金額だ。もちろん、私の名を詐っての無銭宿泊、無銭飲食である。この温泉を舞台にして「夢千代日記」みたいなドラマを書いてあげようと、言ったというのだ。

そんなことがあったので、すでに金銭的な貸借などは生まれていないか、急いで確かめた。

「いや。……お金を出せば、ビクターに顔がきくから、詩を歌にしてレコードにしてあげますよ、という話はありましたが」

もう、動きだしている。

「その人に、遠まわしに嘘だと判っていると、教えてくれませんか。その人のためでも、ありますから」

「判りました」

電話は切れた。

この話をＮＨＫのプロデューサーに話したら、

「あッ……」

と彼は声をあげた。

「実は半年前、変な電話がありました」

それは大分からの電話で、女性の声だった。

――早坂暁さんは、どのような人物かお訊《たず》ねしたい、と言うのだ。

私のドラマはＮＨＫが大半なので、それでＮＨＫに電話をかけてきたらしい。

――近頃、早坂暁さんは大分市へよくいらっしゃっているが、実は私の一番の友達が、その早坂さんに沢山のお金を貸している。結婚するというような話もしているが、あの早坂暁さんが、どうして私の友達から多額の金を借りるような境遇なのか、どうも私には解《げ》せない。それで、思い切ってＮＨＫへ電話をしたのですが……。

プロデューサー氏は話の突拍子なさと、その女性の畳みかけるような話しっぷりに、少し〝精神の不自由な〟（近頃、こういう言い方をするのです）人物かと思って、「早坂さんは大分など行ってるヒマはありません。ずっと私の頼んだドラマを東京のホテルで書いています」と、電話を切った。あまりに馬鹿馬鹿しい電話なので、私には話さなかったというのだ。

「大分と、長崎か……。同じ人物かもしれませんね」

だんだん気味悪くなってきた。

長崎のKさんから電話があった。

「本人に、話をしました。早坂暁さんではないでしょうと、はっきり言いました」

「どうでした⁉」

「いや、嘘をついて申し訳なかったと、謝られました」

よかった……。

「早坂さん、弟さんはいますか？」

「私は末ッ子ですから、弟はいません」

「……その人は、実は早坂暁の弟だと言うのです。そして、『夢千代日記』や『天下御免』など、半分以上は自分が書いているのだと……」

ああ、そんな弟がいてくれたら、私はどんなに嬉しいことか。

「そんなことは嘘です。大嘘だと、私本人が言ってると伝えて下さい」

「そうですか……。しかし、その人は体の不自由な息子さんと、奥さんの三人で、しみじみと暮らしていらっしゃるんですよ……」

「えッ？　しみじみと、ですか」

「はあ。早坂さんのドラマ世界の人のように、しみじみと暮らしておられるので、……ぼくはもう、これ以上、タッチしたくありません」

　Kさんの電話は切れた。

　私の名を詐る人物が、長崎でしみじみと暮らしているとは、実に奇妙な気分である。さらに、大分市で女の人から沢山の金を巻きあげているというのも、一そう奇妙で気味が悪い。

　近く大分市へ講演で行くことになっているが、私には嘘偽りなく初めての訪問地である。どうか、いきなり女の人がとび出してきて、私の頭を叩いたりしませんように——。

赤サギといっても、優雅な鳥の鷺《さぎ》のことではない。犯罪の詐欺のことである。犯罪の世界は隠語に満ちているが、詐欺も隠語で種類分けをしている。

例えば、月サギ。なにかと思えば、月賦屋を相手の詐欺のことだ。

白サギ。この白は、書類を意味していて、だから官公庁にかかわる詐欺のことだ。

青サギ。これは少し判りにくい。青は青信号で安全を意味するところから、安全に見えるトリコミ詐欺を青サギという。

そうすると、赤サギは危険な詐欺を意味しているようだが、そうではない。赤は赤信号ではなく、女を意味しており、結婚詐欺を赤サギというのだ。

塀の中、つまり刑務所の中には独自のランク付けがあって、殺人犯をトップに置き、政治犯は別格にして、詐欺犯はずっと下にランクされている。ことに赤サギは塀の中で最も軽蔑されるそうである。「女なんか、欺しやがって」ということらしい。

近ごろは、必ずしも結婚を望まない女性が増えているそうだが、なかなかそれは少数派で、やはり圧倒的多数の女性は結婚を願望して止まない。赤サギはそこに釣糸をたらすのである。

川崎市のA子さんは、三十歳を越えた。赤サギにとっては絶好のターゲット・エイジだ。

A子さんは、川崎駅前の繁華街裏にあるバアのホステスをしている。

「お勤めをしていたんですが……」

電機会社のＯＬだったが、職場での恋愛に破れて退職、夜の勤めをはじめた。

「別に辞めなくてもよかったんですけど、相手がやっぱり同じ会社の、知ってる人と結婚したので……。毎日会社で相手と顔を合わせるのも厭《いや》だし、まわりも事情を知っているので、居づらくなって辞めました」

ホステスさんは、収入目当ての人もいるが、失恋や離婚がきっかけの人が多いのだ。

ある日、A子さんの前に赤サギがあらわれた。赤サギは地味なスーツにネクタイをしめ、見るからに実直そうなサラリーマンを装っている。手には黒皮のアタッシュケースを提げていた。

「すみません。これ、預かってくれませんか。大事なものだから」

ケースには鍵がかかっている。

「飲んでるうちに、盗られでもしたら、首が二つあっても足らないよ」

「なんですか、これ……」

預かるA子さんのほうが、心配になった。

「ジュエリー……。宝石です」

ざっと、一億円のものが入っているという。

彼はジュエリー会社のセールスマンと名乗った。

「ああ、これで安心だ」

と、ウィスキーをぐいぐい飲みはじめた。そして、立ちあがって、店を出て行った。

「近くに公衆電話がありますか」

店の電話では、都合が悪いというのだ。A子さんは黒皮のケースを預かったままなので、まさか帰ってこないとは考えないで、送り出した。

ところが男は帰ってこなかった——。

翌日、店を開けるのを待っていたように、男が姿を見せた。

「ゆうべは、本当にすみません。預けたケース、ありますか！」

「冗談じゃないわ。預けたまんま、姿を消してしまって。心配したじゃないですか」

「すみません！ ここを出たら、急に酔いがまわって、電話かけているうちに、なんだか判らなくなって、気がついたら、別の店に寝てたんです。その店、放り出されて、やっとここへ来たら、もう閉まっていて……。ああ、ケースがあってよかった！」

ありがとうございました、と男は深く頭を下げたばかりか、ぜひお礼をしたいといって、ケースをあけた。ケースにはまばゆいばかりのダイヤモンドの指輪が並んでいる。一億円といったのは嘘ではない。ジュエリーのディスプレーなのだ。

「本当に助かりました。これが失くなっていたら、一生かかって一億円を弁償しなければいけない所でした」

ぜひ、お礼をさせて下さいと、男はポケットからケースに入った指輪を出した。

「ケースの中のダイヤモンドを差しあげたいのですが、高価なもので勘弁して下さい。これは、正直言って、イミテーションです。本物のダイヤじゃありませんが、でも、本物そっくりで、実は値段もそう安くないものです。ぜひ受け取って下さい」

断わるA子さんの手をとって、指輪を差し込んで帰って行った。

「もう二度と酒は飲みません」

赤サギは、いつもこのように印象的な登場をするのだ。そして、酒は嗜《たしな》まない実直なサラリーマンであること、イミテーションは隠さずにイミテーションと言う正直さを印象づけて退場した。

さて、一たん退場した赤サギは必ず再び帰ってくるのだが、決してすぐには帰ってこない。すぐでは魂胆《こんたん》が見えすく恐れがある。時間をおいて、それこそ忘れかけた頃に帰ってくるのだ。

「また、こちらへセールスの仕事で来たものですから。あー、あなたが居て、よかった……」

そして再びアタッシュケースを預け、今夜は飲みませんと、宣言した。それではお店に悪いから、どうかA子さんが飲んで下さい。僕は、ウーロン茶でつきあいますと、一万円を先払いと言って、カウンターの上に置いた。

ホステスさんというのは、客に酒を飲んでもらうことを仕事にしているにもかかわらず、実は飲まない男に好感を抱くのである。毎日のように、飲んで楽しくなるよりも、厭な部分を露出することの多い男たちの生態を、うんざりするほど眺めているからだ。

さて、赤サギは今度は毎日のようにA子さんの所に通ってくる。相変わらずウーロン茶一点張りで、金払いが良い。

「旅行ばっかりの仕事でね……」

大手のジュエリー会社員だが、各支店の強化セールスマンという名目で、本社から派遣されて全国を廻る仕事だという。旅行が多いというのは、赤サギにとって、大切なことなのだ。定着してしまっては、仕事にならないのである。

「大変ですねえ、旅行だらけで……」

「ま、独身だから出来るんです」

と、独身をさりげなく強調する。独身も赤サギの絶対条件だ。

「早く結婚して田舎のオフクロを安心させたかったのに、つい仕事にかまけて……。去年、オフクロは死んじまって、孝行できなかった……」

と、しんみりして親孝行なところも匂わせたりする。

そして七度目ぐらいの時に、

「あしたから、関西支社です。また来ます」

と男は挨拶した。

「しばらくお別れだから、一杯だけお酒もらいます」

男は酒をのみ干してから、A子さんを真っ直ぐに見つめて言った。

「好きです。結婚して下さい」

そして男は立ちあがる。

「返事は、今度東京へ帰ってきた時、聞かせて下さい」

男は出て行った。

A子さんは、あとを追った。

「今、返事していいですか」

A子さんは、店で働きだしてから好きといわれた男性は数多いが、皆なホテルへ誘われた。

男は、ホテルへも誘わなかった。それで彼女は男を信用したのだ。

「私も、結婚したいと思います」

こうしてA子さんは、赤サギの釣り針にひっかかったのだ。

さて、これから赤サギはどうやってA子さんから、金をしぼりとるのか。その見事なテクニックとは——。

続・赤サギ

さて、赤サギとよばれる結婚詐欺師は、どうやって川崎のA子さんから、多額の金品を欺し取ることに成功したか。

宝石のセールスマンとして登場した赤サギは、三十一歳のバアホステス・A子さんの心を見事にキャッチする。いや、見事と書いたけれど、結婚したがっている女に、結婚しようとささやくのは、帆をかかげて風を待っているヨットに風を送るのに似ていて、そう難しくない。難しいのは、金品の捲《ま》きあげ方である。

そうだ、一つ大事なことを書き忘れた。赤サギは仕事にかかる前に済《す》ませておかねばならない事がある。彼らは、それをハカリと言っていて、

「ハカリがちゃんと出来たら、一人前」

こんなふうに使っている。どうやら、計量の意味らしい。

つまり、ねらった相手が、どれぐらいお金を貯めているかをハカルのだ。なるほど、お金を持たない相手では、商売は成立しない。

では、どんな女が金を貯めているのか。それを赤サギたちは、どうやってハカルのか、彼らから直接に訊《き》くことができた。

「まず、肥った女はダメです」

淋しい女は肥る、みたいなことをいう。

「なぜ?」

「いや、そういうことになっています」

彼らの経験から言っているのか、あるいは業界にそういう伝承でもあるのか。しかし、理窟をつけてみることも、できそうだ。ダイエットは、欲望の制御だから、確かに貯蓄に似ている。ダイエットできない女は、貯蓄はできないというのだろう。

「爪の長い女、マニキュアをしている女もダメです」

爪に火をともすようにして貯めるというが、爪を短く切り込んでいる女は、必ず貯金しているそうだ。

「髪を長くしている女もダメです」

できれば、うしろで束ねている髪型の女がいいという。

「着ている服は、あまり胸元の開いているのや、膝の出ているミニスカートも、私たちは敬遠します」

そして、服の型よりも、色を問題にするというのだ。

「どの色がいけないというんでは、ないんですね。色の取り合わせがバランバランの女が、要注意なんです」

赤サギは自分がいちばん要注意の人間であるのに、そんな言い方をする。

「口紅を、唇の形からはみ出して塗る女もダメです」

「声の大きい女も、できれば遠慮したいです」

「美人、これはもうダメです。自分が綺麗と思っている女も、その次にダメです」

赤サギの実戦的なハカリ法則は、あきれるばかり綿密で、多様だった。どれもが、なんとなく頷《うなず》けてしまうような項目ばかりではないか。私の理窟づけなどは、もう必要ないだろう。

A子さんが、こうした綿密なハカリにかけられた上で、赤サギの対象になったのは言うまでもない。

事実、A子さんは貯蓄をしていた。二十七歳を越えてからは、ひょっとして結婚はできないのかも知れないと考え、そんな場合は洒落《しゃれ》たスナックの店を自分で開いてみたいと、せっせと貯蓄に励んでいたのだ。

私はシナリオや小説を書くので、時に赤サギめいたシーンを描くことがある。どうやって、相手の女から金品を欺し取るか、さまざまな設定を考えるのだが、プロの、それを職業としている赤サギたちの方法は、私の想像力を超える方法であった。

「ぼくには、兄が一人います。その兄に立ち合ってもらって、結婚式をあげたいのです」

赤サギは、もうA子さんの部屋で泊まっていくようになっている。

「早く、兄に会ってもらいたいなあ」

兄は東京の郊外に住んでいて、絵を描いているという。

「売れない画描きで貧乏ですが、弟のぼくとちがって純粋な人間です。ぼくは大好きです」

早く、その兄に会ってほしいと赤サギはいう。

「でも、会うと笑うだろうなあ」

「どうして？」

「ぼくと、そっくりですから」

「だって、兄弟でしょ。似ていて不思議はないわ」

「いや、あんまり似すぎてます。ぼくたちは双生児《ふたご》なんです。一卵性の双生児なんで、まるっきり、そっくりです」

だから、最初に会った人は思わず笑ってしまうほどだ、というのだ。

「私、笑ったりしないわ」

「よかった。今度、セールスが一区切りついたら、兄を連れてきます。もう、あなたのことは話しているんです」

赤サギは、十日間で帰ってくると言って、東北地方のセールスに出かけていった。十日に近くなった或る日、A子さんの部屋に思いがけない来訪者があった。

「シゲオの……」

と赤サギの名を言って、

「兄です」

コールテンの上衣を着、ベレー帽をかぶって、薄い茶色のサングラスをかけた男は、ほんとうに赤サギとそっくりだった。部屋の中に入ってサングラスをとると、もう、笑ってしまうほどにそっくりなのだ。しかし、A子さんは笑わない。兄の様子が普通でなかった。

「申しわけありません。弟が、交通事故にあって、病院にかつぎこまれました」

「交通事故……」

事故は東北の町で起きた。弟はレンタカーを運転して訪問セールスを続けていたが、信号のない交叉点で、つい通行者のいるのを見落としてはねてしまったというのだ。本人は急いでハンドルを切ったため、道から二メートル下の畑に落ちて、自分も肋骨と左腕を骨折する怪我で病院へかつぎこまれた。

幸い、はねた通行人は、重傷だが命をとりとめて、同じ病院へ運びこまれた。

「病院から連絡があって、もうびっくりして飛んでいきました。弟は、ぼくのたった一人の肉親ですから」

兄は、うっすらと涙を浮かべている。不意に、A子さんの前に両手をついて、頭をさげた。

「どうか、弟を助けてやって下さい！　金がいるのです」

工合の悪いことに、事故を起こしたときは午後十時。少しアルコールが入っていたため、業務中の事故と見なされず、病院の治療費が会社からは出ないという。もちろん、大怪我をさせた通行人に対する補償金などは、全部自分で払わねばならない。

「ぼくは、貧乏な画描きです。金がありません。たった一人の弟を助けたいのに、助けられません。恥ずかしい兄です。こんなことを、弟と結婚もしていないあなたにお願いできる筋合いではないのですが、あなたしか、頼る人がいません。どうか、弟を助けてやって下さい。お願いします」

兄は畳に額をつけて懇願した。

こうしてA子さんは、お金を出した。

「一緒に行きます」

「そうして下さい」

A子さんは、赤サギの兄と一緒に東北行きの列車に乗った。

「……ああ、あなたは弟の話していた通りのお人でした。弟は、あなたのことを、優しくて素晴しい人だと、ぼくに言い続けるのです。ぼくは、水商売の人はどうかなと思って、弟の話に必ずしも賛成ではなかったのですが、ともかく弟があなたに惚れ込んで、夢中なのです……。弟のいう通りの人だったので、よかった。ぼくも嬉しいです」

すでにお気付きかと思うが、兄は赤サギ自身なのだ。もちろん、A子さんは夢にもそんなことを想像できない。それにしても、こんな形で実の兄が、弟の心境を伝える効果は、素晴しいのだ。本人がいうより、何十倍の値打ちがある。

東北の街の、大きな病院に着いた。

さあ、病院へA子さんを同行して赤サギはどうするのだろう。シナリオだったら、絶対にこんな危険な行動はさせないし、考えつかない。

「ちょっと、待って下さい」

玄関を入ったロビーで、兄はA子さんをとどめた。

「弟は、ここの三階の整形外科の病室にいます」

なるほど三階が整形外科の階になっている。

「実は、同じところに被害者が入院しています」

被害者も骨を折る大怪我なので、整形外科で治療を受けているわけだ。

「……あなたは、顔を出さないほうがいいです」

兄は、声をひそめた。

「困ったことに、被害者は暴力団関係の男なのです。本当に弟は運の悪い男です」

被害者は、弟に法外な治療費を要求しており、そういうところにA子さんが顔を出すと、ねらわれてしまうというのだ。

「ぼくは貧乏な画描きで通しています。事実、その通りですから。しかし、そこへあなたが顔を出すと、恐らく彼らは、あなたから金をとろうとするでしょう。暴力団関係ですから、なにをするか判りません。ここで待っていて下さい」

A子さんは金を兄に渡して、ロビーの長椅子で待った。仕事柄、暴力団のいやらしさや、恐ろしさは、よく知っている。

しばらくして、兄が小走りに帰ってきた。

「被害者の仲間が来ているんです。ぼくに話があるというんですが、逃げてきました。さあ、早くここを出ましょう」

兄は、A子さんの腕をとって、玄関さきのタクシーに飛び乗った。

「……弟は、涙を浮かべて喜んでいました。一緒に来ているといったら、逢いたいなあと、しきりに言いました。でも、危ないから早く帰ってもらってくれと、これを渡しました」

便箋に、借用書と書いてある。ベッドで急いで書いた字なのだろう、走り書きだったが、金額も、日付も、名前もちゃんと書いてある。

「弟は、拝んでましたよ」

と、兄はまた付け加えた。

それからは、溢《あふ》れ出る道がついた水のように、どんどんとA子さんの貯金は、兄を通じて赤サギに流れていく。

「もうちょっとで退院できます。あと、三十万円を……」

「被害者に、とりあえず五十万円を渡したいのです」

そのたびに、弟・赤サギの借用書を持ってくる。そして、「弟はほんとに幸せだ」というのだ。

「これは、ぼくの売れない絵です。せめてこれを受け取って下さい」

くるたびに、風景画を置いていく。判りやすい山や海の美しい風景画だ。A子さんは、どこかで見たような絵だと思ったが、兄は街頭で売っている二千円、三千円の絵を買ってきているのだ。

「もうすぐ退院」といいながら、なかなか赤サギは退院してこない。そのかわり、兄はしきりとA子さんの部屋を訪ねる。

そのうち、思いもよらぬ展開となった。

「あなたは素晴しい人だ。弟がうらやましい。弟には悪いが、ぼくはあなたが好きでたまらない」

セリフのほどは定《さだ》かではないが、兄はA子さんに迫る。A子さんは、「お兄さん、それはいけないことです。シゲオさんに悪い……」と抵抗しながらも、とうとう兄の熱意に押される形で、兄を受け入れてしまった。

つまり、A子さんは双生児の兄と弟の二人と肉体関係を持ってしまったのである。

いったい赤サギは、どんな意図でこういう関係を構築したのか。兄として接触しているうちに、ふと悪戯《いたずら》心から迫ったのか。あるいは、獲物であるA子さんを二重の網にかける計算であったか、残念ながら塀の中の本人から聞きだすことができない。

しかし、「弟さんに悪い」と抵抗しながら崩れていってしまうA子さんを、赤サギは実に面白い芝居を観るようにして眺めたにちがいない。あまりにも彼とそっくりな兄に抱かれたA子さんも、なんとも奇妙な昂奮をおぼえていたのかもしれない。

ひと月ほどして、赤サギが帰ってきた。

「やっと退院できた。本当は、まだ無理だというんだけど、君に逢いたくて、退院してきた」

赤サギは左腕に繃帯をしている。胸にもギブスをつけていた。

「退院できて、よかったわねえ」

A子さんは赤サギに抱かれながらも、彼が兄そっくりなのに改めて驚いたり、妙な気持になったりしている。

「さあ、兄貴を呼んで三人で退院祝いをやろう」

赤サギが大胆不敵な提案をするが、A子さんがその提案を口を濁してつぶしてしまう。彼女にとっては、肉体関係のある兄と弟が目の前に揃うのが厭なのだ。

「ギブスがとれて、補償金のメドがついたら結婚式をあげようね」

と赤サギはいう。何しろ被害者はヤクザだから、いま式をあげたら君にまで迷惑がかかると説明する。

赤サギは、不自由な体を押して、またセールスの旅に出た。かわりに兄がやってきて、「弟は泣きながら、あなたに感謝していた」と告げる。

二役の一人芝居で、またたくうちにA子さんの預金通帳は空っぽになった。赤ン坊の手をねじるのと同じである。兄が弟の立場や気持を代弁し、弟は兄があなたを褒めちぎっていたと彼女を持ちあげるのだ。こういう場合は直接話法より間接話法のほうが、抜群の効果があるので、犯罪でなく試してみて下さい。

A子さんは借金までして、赤サギに補償金を渡した。補償金を受けとるのは、ほかならぬA

子さん自身であったのに……。

　ある日、仙台警察署から刑事がやってきたことで、ついにエンドマークが出た。仙台の女性から訴えが出たのだ。赤サギは仙台でもA子さんに対すると同じ手法でB子さんから金をしぼり取っていた。仙台のB子さんは、赤サギが内ポケットから、うっかり落とした手帳に、たくさんの女の名前を見つけたのである。もちろん、川崎のA子さんも、その中にあり、さらに、名古屋のC子さん、京都のD子さん、新潟のE子さんという工合だ。さすが小学校教師であるハイミスB子さんは、もうだまされなかった。


　ついに赤サギは逮捕された。

　赤サギが逮捕されると、奇妙なことに被害者の女性の何人かは、必ず差し入れにやってくる。

「他に女たちがいたかもしれないが、自分の場合は本気だった」

と思っているのだ。いや、そう思いたいのかもしれない。

　川崎のA子さんも、差し入れを続けている。面会に行くと、赤サギは、

「君だけは、本気だったんだ」

と、繰りかえし言うのだ。

　しかし、A子さんは兄とも通じたことを、どう赤サギに釈明したのだろうか。警察の調書で

は、

「……私、知ってました。兄弟だといっても、同じ人だと判ってました」

と供述している。多分、恥ずかしかったのではないだろうか。

まったく、赤サギたちはシナリオライターの予想をはるかに超えるドラマを構築するものだ。それはそうかも知れない。彼らは、実行しなくてはいけないし、一歩間違えば刑務所に入らねばならないのだ。

体を張ってのシナリオだから、ツジツマを度胸で接着させたり、リアリティを思い切りで確保したりして、不思議な凄味を漂わせている。

赤サギは今日も、あなたたちの街を奇妙な声で鳴きながら飛んでいるのです。

第3章

美しく、たくましい者たち

執筆中。まだタバコを吸っている若き日。

ボクのお大師さん①

三月二十一日がやってくる。

なんの日か。春分の翌日、と言われては閉口するばかりだ。三月二十一日は弘法大師空海が亡くなった日である。

「なァんだ、空海か……」

と、なんの関心も見せない人も多いだろうが、ボクにとっては、幼いときから弘法大師はお大師さんの呼びかたで、まるで親戚の伯父さんのように言われ続けてきたお人なんだ。

それというのも、ボクの生家は四国の松山近く、遍路みちに面した商家であったからである。

なにかといえば、「お大師さんが見とるぞナモシ」とか、「お大師さんがご承知なさらんじゃろう」とか、うるさいのだ。

あんまりお大師さん、お大師さんとばかり言われてきたので、弘法大師は空海のことで、幼名佐伯真魚《まお》なんてことは、ぜんぜん知らなかったし、大師と名のつく高僧は他に伝教大師やら、いろいろいることも知らなかった。四国遍路になじんではきたが、別に自分が真言宗に帰依することもなく、郷里を離れてからは、お大師さんは遠い存在になっていた。

ところが、五十歳にして、お大師さんに急接近するのだ。

「心筋梗塞です。心臓の半分くらいが壊死《えし》しております」

「胆嚢癌です。……末期とお考え下さい」

たて続けに宣告されて、いきなり間近に死と直面させられた。

「あーあ。こういうときに信仰を持っていたら、いいんだろうな」

と思ったが、信仰なんてものは、即席ラーメンのようには体に入らない。ボクは大多数の日本人のように葬式、命日のときだけの仏教徒である。

しかし、小さい時から、親戚の伯父さんのごとく聞かされていたお大師さんを思い出したのだ。

病院のベッドで、空海についての本を読みあさる。読みあさるというけれど、宗教学的に書かれた空海像は、まことに難しく、つまらなく、読むより、めくる作業になってしまう。

折から、「空海の風景」という司馬遼太郎さんの本が出ていて、これはボクでも、とっつきがよく、読みやすい。

と、ある人からあの本は真言宗本山の高野山では「あまり認めにくい本だ」とされていると聞いて、がっかりする。

真言密教の極意は「理趣経《りしゅ》」にあるとも聞いて、手に入れて眺めてみるが、チンプンカンプン。

さらに秘密曼荼羅《まんだら》十住心論《じゅうじゅうしんろん》も眺める。読むというより、眺めるといったほうが正しいようだ。

「おいおい。ボクは余命いくばくもない心筋梗塞患者にして、胆嚢癌患者である。ゆっくり、読書百遍などしている時間はないんだぜ」

でも十住心論には一ヵ所だけ面白く感じたところがあったなあ。

十住心論とは、要するに人がいかにして生きながら成仏するかを、十段階に分けて説明しているのだが、その一番低い段階がすごい文字で書いてあった。

――異生羝羊《ていよう》住心。

羊って、ものすごく性欲の強い、卑しい動物と、仏教界では考えられているらしい。

ボクは小さいときから、ひどく体が弱く、小学校にあがっても体操の時間は見学、掃除当番は免除というぐあいだったので、元気になるようにと、近所の羊の乳をもらって飲まされた。ざっと三年間ぐらい飲まされたから、体の何パーセントかは、羊っぽいはずである。

その羊が、最低位の獣として位置づけられている。自らの食欲、性欲のおもむくままに生きる心が異生羝羊というのだ。

「そうか、まぎれもなくボクは最下位だな……」

そこは、ひどく納得したが、それから上の段階は、よく分からない。とても即身成仏の嶺まではたどりつけるはずもなく、頂きをながめながら結局自分は一番低いところを、ウロウロ迷い歩く人間だと承知したのである。

やむなく仏典は捨てて、空海さんの伝記や言行録をたどってみた。

生まれはボクの郷里に近い香川県の海辺屏風ヶ浦とあり、幼名真魚《まお》と可愛らしい。

十五歳の時、宮廷に仕える官僚のおじを頼って、ま、いまでいう大学へ入った。ちゃんと大学を出れば、官僚として、まあまあの地位につけるのだが、真魚は、次の時代はさらなる宗教の時代と察知して、大学をやめて僧侶になった。

奈良仏教の中に閉じ込められていたのでは、力ある新しい宗教は得られないと、中国へ留学するのだ。つまり、遣唐使だ。

もちろん、国から選ばれた遣唐使にはなれないので、私度僧《しど》といって自費での留学生となって、中国へ渡る。

空海は時に三十一歳。第十八次遣唐船の四艘の一つに乗って、七月六日中国に向かって出発したとある。

七月六日、といっても旧暦だ。いまの暦でいえば八月半ば。

おいおいおい！　台風シーズンのド真ン中に船を出す奴がいるかよ。

むかしから、お役所仕事はあきれるばかりの硬直前例主義なんだ。はじめて遣唐船が出たのが、たぶん七月だったので、以後十八次に到っても七月出発がくりかえされていたのにちがいない。

そうでなければ、台風のシーズン真っ最中に船を外洋に向かって出す根拠を見つけることができない。

遣唐使の派遣史をひもとけば、その惨タンたる渡航成功率をみて、腰を抜かすこと間違いない。

空海が便乗した第十八次遣唐船も、出発した翌日の夜に、嵐にまきこまれる。——まぎれもなく台風だ。前日に西の空を眺めたら、そこらの漁師だって台風襲来を予告しただろうに……。

四艘中二艘が沈没。

空海の乗った船は難破船となって、中国の福州海岸に打ちよせられるのだ。

まァ、昔から日本は、先進国に留学生を派遣して、文明文化の輸入に励んできたわけだけれど、遣唐船時代がいちばん犠牲者が多かった。

優秀な頭脳を送り出すというのに、日本国は、竜骨をもたない船を営々と造り続け、あたら東シナ海、南シナ海に、輝く才能を沈めてしまったのだから、とうてい海洋日本なんて言えない。

竜骨なしの、つまり、板をつなぎ合わせた〝箱舟〟は、外洋の波をうければ、ねじりの力を受けてバランバランになってしまうのだ。

はじめて竜骨のある船をつくったのは幕末だというから、真似世界一の民といわれた日本人の、大きな謎の一つといえるだろう。

ボクのお大師さん②

当時、……といきなり書いてしまったが、千二百年ほど昔の話だ。都が奈良から京都へ移ったころの話である。

で、当時の日本は、先進国である唐の国へ十数度にわたって留学生を派遣している。

——その前は遣隋使が何度も送られている。隋への留学生は、朝鮮半島沿いに港々づたいに中国大陸にたどりついて、そのせいで遭難する率は少なかったが、遣唐使のころは、朝鮮半島の情勢が悪く、寄港がままならなかったので、エイ面倒だ、直行してしまえと東シナ海を横断し、遭難率が急上昇したらしい。

思えば日本は留学生国家である。

遣唐使以後は、サザエのようにフタを閉ざし、わずかに朝鮮半島からの風信や、ポルトガルやオランダ商館の風信で世界の情勢を窺《うかが》っていたが、明治になって爆発的に留学ブームとなった。

遣英使、遣仏使、遣独使……。そして、太平洋戦争後は狂わんばかりの遣米使ブームだ。

で、命からがらで中国大陸にたどりついた第十八次遣唐使団の私費留学生空海は、唐から何を学んで、何を持ち帰ろうとしたのだろう。

遣唐使団の構成を見てみると、二本立てだ。政府派遣の遣唐使は、もっぱら外交と法制研究を担当する。これは優秀な官僚たちが受けもった。

もう一つはいわば文化面での遣唐使群があってこれが遣唐僧で、僧侶たちの留学生だ。

奈良の寺々には、遣隋使や、遣唐使が持ち帰った仏典が山と積まれていたそうで、なァんだ、当時の留学生はお経ばっかり持って帰ったのかと思ってしまうが、いやいや、留学生たちは驚くべき吸収力で、あらゆる先進技術も身につけて帰った。

仏教を輸入するにしても、仏典だけでは済まない。奈良の東大寺や法隆寺の五重塔を見ても分かるように、寺院の建立が必要なのだ。あの巨大建築の技術を、よく消化導入したものだと感心してしまう。こまかい話でも、東大寺の祝典などで、色とりどりの巨大な垂れ幕が、ゆらりと風になびいて美しいけれど、あれも染色技術や、織り機の導入がなくてはとても実現できない。

空海は、ミケランジェロのような文化、文明の全方位吸盤の持ち主で、密教の仏典研究にはじまり、世界で最難解といわれるサンスクリット語を三ヵ月でマスターしてしまう。最新の建築土木技術も素早く吸収して、帰国後の寺院建立や、満濃池など農業用水工事に備えている。医学——も忘れない。宗教の流布には医学ほど役立つものはない。最新の薬草学や治療法を身につければ、やがて帰国のときは〝法力〟として奇蹟を呼ぶことができる。

さて、帰国のときは、と書いたが、遣唐僧などの留学生は、二十年間の留学期限が定められていたらしい。正式の遣唐僧——第十八次遣唐船では伝教大師こと最澄だった——は一年で帰国しても構わないが、あとの留学僧は、滅多に出ない遣唐船でおくりこまれているせいか、みっちり二十年間は勉強して帰れとなっていた。

たとえば望郷の思いやみがたく、あるいは健康上の理由で早く帰国したら、どうなるか。

——遠島。

流罪にされたというから、きつい話だ。

空海と唐へ留学した橘逸勢《はやなり》は、官僚の留学生だが、長安に着くなりホームシックにかかっている。

「気分がすぐれん……」

部屋に閉じこもってしまって、ちょうどイギリス留学をした夏目漱石がかかった〝神経衰弱〟状態になっている。

「……ようし、帰るぞ」

二年目にして、空海は橘逸勢に宣言している。

「もう、必要なものは手に入れた」

「帰っても大丈夫か？」

――早く帰って、早く日本国のためになるように活用してこそ、留学の意味があるんだ。

強弁して帰国を強行する空海に、死ぬなら祖国でと、ノイローゼの逸勢は決死の思いで同行を決める。

――嚢《のう》中、わずかに筆三本。

ま、墨、硯も入れていたろう。官僚にとっては記録用の筆墨こそ、留学の成果とみたのだろう。橘逸勢さんは、帰国後は、空海、嵯峨天皇と並んで、〝三筆〟の一人として書で有名になっている。

九州大宰府に着いた空海は、まことに見事な政治力を発揮して、早期帰国の大罪をパスしてしまうのだが、僕がお大師さん空海を有難く思っているのは、そんなところではない。

先号で書いたが、末期癌と宣告されて、間近に接近してくる〝死〟にあわて、うろたえているとき、お大師さんに助けてもらうのである。

お大師さんこと空海は、独力で建立した山上の宗教都市高野山で死ぬが、死ぬ数ヵ月前に、

――自分は三月二十一日の寅の刻に没す。

と宣言しているのだ。宣言してから慎重なスケジュールで、五穀絶《だ》ちをしてゆき、最後に水絶ちをして見事に三月二十一日寅の刻ぴったりで没している。

ボクなんか、死を予告宣告されただけで、震《ふる》えあがって、うろたえているのに、自らの死の日を設定し、その日に向かって冷静緻密に歩み寄っていくお大師さんは、凄い。

とてもじゃないけれど、生きながら成仏していくお大師さんに及びもできぬが、せめて堂々と死に立ち向かっているお大師さんの片鱗でも、わが額に貼りつけて死を迎えたいと願ったボクは、ようやくのことで、お大師さんの絶語、最後の言葉に遭遇できた。

「師よ、お言葉を!」

とりかこむ弟子たちの言葉に、死の世界に入る直前のお大師さんは、こう言っている。

生まれ生まれ生まれ生まれて生の始めに暗く

死に死に死に死んで死の終わりに冥し

これが、死に最接近し、死をクローズアップで見すえた人の、いわば現場中継の言葉である。

そうか、生れる始めも暗くて、死んだ死の終わりも冥いのか。暗と冥と字をかえているが、弟子たちは言葉で聞いたのだから、ともにクライのだ。

死後が、生前のようにクライと聞いて、ボクは心安らかになった。生れる始めの記憶はさだかではないが、少なくとも苦痛や恐怖の記憶はない。それと同じなら、なに恐れることがあろう――。

どうも有り難うございました、ボクのお大師さん。

漱石、松山の熱狂の五十二日

「この本は、なんの本か分るか」

「はい。夏目漱石全集の一冊です」

昭和十六年二月、松山中学校入試にあたって、私が受けた口頭試問である。

「この本から、どんな感じを受けるか」

漱石全集は朱肉色の、なんとなく唐草模様ふうに装幀されていた。

「なんか暖かい気分がします」

「で、漱石の作品を読んだことがあるか」

「はい。〝坊っちゃん〟を読みました」

「読後の感想は？」

「なんか馬鹿にされたような気がしました。松山を野蛮な所だと書き出しで言い、最後は不浄な土地じゃと言うとります」

漱石は、明治二十八年四月、私が受験をした松山中学校に東京から赴任してきている。二十八歳だ。その時の体験をもとに、十一年後に書いたのが〝坊っちゃん〟である。

私は松山中学に入学してから、あらためて〝坊っちゃん〟を読みかえしたところ、読後感はまるで一変してしまった。なぜなら、私の入学した松山中学校が、漱石にののしられた通りの、野蛮で、不浄の場所だったからである。

口頭試問のとき、陸軍中尉が、軍刀を腰にして臨席していたことから分るように、軍国主義が校内に充満していて、なにかというと鉄拳がとび、銃剣をかまえての突撃訓練が繰りかえされた。

ある日、クラス全員が校庭に集められ、正座、目を閉じさせられてから、少年飛行兵への志願をそそのかされる。

「皇国はお前たちの志願を熱望しているんだぞ。あ、手があがった！　あ、どんどんあがっているぞ！」

たまらず私は手をあげてしまった。目をあけてみると全員が手をあげていた。

帰って両親に報告すると、母は数人の父兄と一緒に松山中学校に押しかけた。

「うちの子らをバッタ扱いにせんといて下さい」

「バッタ？」

「バッタは一匹が飛ぶと、つられて一せいに飛びます」

私の母は〝坊っちゃん〟を読んでいたのだろう。あの小説では宿直の夜に坊っちゃんは布団の中にバッタを入れられていて、珍妙なバッタ問答を生徒と交わしているのだ。

軍国主義の真っ只中で読みかえしてみると、あの小説は、まさに小膝を叩く思いであったのである。

ところが、さらに三年後、日本が戦争に敗けてから読んでみたら、これまた読後感が一変するので大いに驚いた。

思えば、幕臣の子であった夏目漱石は敵である薩長軍の占領地の子として青春を過ごしているのだ。

私は、薩長ならぬ米英進駐軍のひしめく松山の地を、〝坊っちゃん〟を読みかえしながら、愉快に歩いていたものだ。

「アハハ！　クソッ！　ザマァミロ！」

通学の途中に、夏目漱石が下宿した上野邸があった。「愚陀仏庵」と称している。

この下宿に、正岡子規がころがり込んで、五十二日間も同居しているのだ。

「夏目さん、あの人は結核ですから、部屋に入れんほうが、ええぞナモシ」

という家主の声をものともせず、子規の門人もまじえて、口角沫《あわ》をとばしながら俳句論や句作に熱中した。

夏目漱石の小説第一作『吾輩は猫である』を子規の残した俳誌「ホトトギス」に発表しているのを見ても分るように、あの愚陀仏庵の五十二日間は、日本文学にとって重要で、かつ熱い五十二日間であったと私は思うのである。

日本では言文一致の小説を書いたホマレは二葉亭四迷の『浮雲』になっているが、待ってくれ、優れた言文一致体の小説はまぎれもなく夏目漱石の小説群だ。その文体は、あきらかに俳句の文体なのである。

あの松山の熱狂の五十二日間がなかったら、アハハ、近代日本文学は誕生しなかったにちがいないのだ。

闇夜に礫《つぶて》を投げる人　重森三玲

私が重森三玲さんに会ったのは、昭和三十年頃だったと思う。すでに、日本で最大・最強の作庭家として名を馳せていた三玲さんが、京都で白東社《びゃくとうしゃ》という前衛いけばなの研究集団をつくり、雑誌「いけばな藝術」を発刊して、いけばな界の大刷新に乗り出していた。

その宣言文がすさまじい。

一、吾々ハ伝統的定型ト、一切ノ類型トヲ斥《しりぞ》ケル

一、吾々ハ古ク温存サレタ花道的観念ヲ斥ケル

一、吾々ハ昨日ヲ否定スル

つまり、いけばなの家元制度の征伐に乗り出したのだ。

そのころ私はいけばなと茶道の新聞記者であったので、半《なか》ば仰天、半ば面白がって取材に出

かけたのだ。

京都の重森三玲邸に入って驚いた。吉田神社の神官が住んだという由緒ある家を譲り受け、広々と枯山水の庭を作りあげ、それを一枚張りの欅《けやき》の廊下から眺め、さらには書院にあの光琳画《えが》くカキツバタの屏風絵が見る人を圧倒し、さらに無字庵と名付けた茶室で茶をいただくのである。

十五畳の書院で、前衛いけばな集団がそれぞれの自分の目指す前衛いけばなを創出し、そして一同作品の合評会を開いていた。

「家元制度はつぶせますか」

と思わず私は訊《き》かずにはおられなかった。

「君、ぼくは昭和八年から家元撲滅運動を続けているのだよ」

三玲さんは笑いながら、茶器や花器が山と積まれた大納戸《おおなんど》というか蔵の中へ案内してくれた。

そこには三玲さんの奥さんが観音様のように豊かに坐っていた。そこで、茶器を取り出して、その面白さを冗舌に講釈している三玲さんを、ときおり微笑すら浮かべて聞いているのだ。

私は咄嗟《とっさ》にイメージした。三玲さんは、奥さんの掌《たなごころ》の上で、飛びまわっている孫悟空なのだ、と。

たしかに、三玲さんは、昭和八年に大阪で勅使河原蒼風らをしたがえて、「新興いけばな宣言」をしているのだ。その宣言は「本名を使う」「流儀花を拒否する」「流儀から独立せよ」とまことに勇ましい。

私は、いけばな界の家元たちに接してみて、華道界の家元なるものが、蜃気楼《しんきろう》のように空中の楼閣だと気付いていた。いけばなの流派は三千流派とされているが、それほどはないが、千近くあることは確かだ。個展を開き、自ら流派の宣言をすれば、〝家元〟は雨後の筍《たけのこ》のようにあらわれるのだ。

そんな実態のあやふやな家元制、いくらでも増殖できる家元制をぶっこわすのは、ドンキホーテの挑戦に似ていると私は感じ、あえて「闇夜に礫を投げる人」と新聞に書いたのだ。

「君、この人は半田唄子《はんだうたこ》さんだが……」

痩身《そうしん》にして長身の女性を紹介してくれた。

「彼女はすでに千家古儀という福岡の古流を解消して、白東社に来てくれているんだ」

そして、その隣に少年のごとく坐って驚くべき花を生けている人物を指さした。

「池坊という派閥から脱退して自己のいけばなを探求しているんだ。この人も本名でね」

それが中川幸夫だった。

まことに重森三玲さんぐらい、茶道、いけばな、絵画、そして庭を、ニッポニアニッポンともいうべき和風文化の総合化を志した人は他にはいない。三玲さんは中川幸夫にかく語っている。

「茶の湯をやれ。茶の湯は、床の間にある絵も書もいけばなも茶器すらも全部、その茶室すらも茶に融《と》かして飲むのだ。出窓の外に見える庭も、それすらも一碗の茶の湯に融かして飲むのだよ」

中川幸夫は、あらゆる日本文化に精通する重森三玲から才能を発見され、三玲さんはその芽に存分の肥料を与えて、世界に通用する「いけばな作家・中川幸夫」を誕生させたのである。

「闇夜に礫」と言ってしまったが、三玲さんの作りあげた礫は、凄い〝日本文化のニッポニアニッポンの礫〟であったのだ——脱帽。

あの世とやらは花野とや

稀代のいけばな作家、中川幸夫さんに訊いてみたことがある。

「一本だけ、花を選べといわれたら、なんにします?」

「つまり、私のこれぞと思う花ですね」

ほんの少し考えている。おそらく、中川さんの頭のなかで、数千種の花がフラッシュしていたのだと思う。

「曼珠紗華《まんじゅしゃげ》、です」

「ああ、彼岸花ですね。ボクも大好きです」

「死人花とか幽霊花とか言って、嫌う人もいるんですが……」

もともと曼珠紗華とは仏教でいう赤い花のことで、天上に咲く想像上の花の名である。

「葉不見《はみず》、花不見《はなみず》」

つまり、秋に花を見るがその時は葉がなく、冬に葉を見るが、その時は花を見ることはできない。

「花と葉が一緒でないと異形に見えるんですかねぇ」

いけばな界で優れて異形の人は、少し唇をとがらせるようにして、小さく笑った。

「じゃ、あなたの、これぞと思う花はなんですか」

「そうですね。ボクも、春より秋に咲く花から、これぞと思う花を選びたいです」

むかしから、というより〝万葉集〟以来、秋の花として、

――萩、尾花、葛、女郎花《おみなえし》、藤袴、朝顔、撫子《なでしこ》
を、〝秋の七草〟として、〝春の七草〟に対置させている。

しかし、朝顔は夏のイメージが強かったりして、今は代って、

——桔梗
が入っている。

七草は、いわゆる〝千草《ちぐさ》の花〟で、人知れず山野に咲く千の草の花の代表選手だ。しかし、今は藤袴や撫子などは、ほんとうに探し出すのが難しい〝人知れず〟花になっている。

「秋の、人知れず花が好きです」

「つまり、これ見よがしで、ない……」

「一生、誰にも見られなくても、ちっとも構わない。それでも懸命に咲いている花……」

「名前なんか、つけてもらわなくて、ほんとにケッコー！」

中川さんは、鶏が鳴くように、鋭くケッコーと言ってのける。

だから、ボクのこれぞと思う花は、名はない。〝人知れず花〟とか、〝懸命花〟とか、そうだ、〝ケッコー花〟と呼んでもらいたい。

「秋の〝ケッコー花〟でいいのは、風に戦慄《せんりつ》している風情です」

だから、ふんわりした春よりか清冷の風に震える秋の花のほうがいいですねえ、となった。

「ほら、風にゆれる花を、とても上手によんだ俳句があったでしょう……」

「ひょっとして、コスモスの」

「そうです、風にゆれるコスモスです」

コスモスのゆれかはしゐて相うたず

鈴鹿野風呂さんの俳句だ。

「宮崎の〝コスモス高原〟へ行ってみましたが、数百万本のコスモスが咲いて見事でした。で、そのとき、野風呂さんの句を思い出して、風にそよぐコスモスをじっと観察しましたところ、〝相うたず〟ではありませんでした。どんどん、ぶつかっていました」

「アハハハ」

中川さんは笑った。

「それは人工的に作った〝コスモス原《ばら》〟だからでしょう。密集して、日本列島みたいになっているから、そりゃァ、相ぶつかりますよ」

たしかに、自然に自生しているコスモスたちだったら、いくら風にゆらいでも、相うつことはないのだろう。

「ボクも、コスモスの句を作ったことがあります」

ボクは俳句の勉強などしたことはないが、郷里が俳句どころの松山に近く、家では月に一回ぐらいの割りで、句会のようなものが開かれていた。

句会のようなものというのも変だが、家に集まってくる近所の俳人たちは時計屋のおじさんだったり、畳屋さんであったりして、俳句をつくるよりか、お酒を飲むほうに熱心だったように記憶している。

ボクが（旧制）高校に入るころには、句会に顔をだすように父に誘われ、しぶしぶ参加したこともあって、俳句の真似事はしている。

コスモスを犯して行きし列車かな

ボクの田舎町の駅には、どうしてそんなに線路近くに生えてしまったの、と聞きたくなるようなコスモス群があった。

そのころは蒸気機関車のD51《でごいち》が走っているころで、ことに東京方面行きの急行列車は、ボクの町の駅には停まらず、疾風をおこし、蒸気を勢いよく撒き散らかして走り抜けていく。

無残に、コスモスたちはなぎ倒されてしまうのだ。

急行は一本だけ。

翌日の急行が通過するまで、ゆるゆるとコスモスたちは立ちあがるのである。

やっと立ち直ったその頃に、また東京方面行きの急行列車が通過するのだ。

「あ、あ、あ……。また倒された」

父はボクの句を見て、黙って脇に置いた。謹厳実直な父は、みだら文字が入った句は嫌いであった。

今年、その父の十七回忌があった。父の墓には、珍しく句碑がそっと立っている。

楽しさよあの世とやらは花野とや

父の句である。

「あの世とやらの花野は、どんな花が咲いているの？」

生前に訊いてみたことがある。

「どんな花？　いろいろだろうなぁ」

「いろいろじゃ分からないよ。お父さんの好きな花にしておけば？」

「虚子さんは白い浜ぼうふうがお好きじゃったようだ」

同じ町に育った高名な俳人高浜虚子さんの花を引き合いにしている。

「お父さんの好きな花だけにしたら？」

「うん。……」

父は、ボクとちがって、自己主張をほとんどあらわにしない人だった。それでも、ボクがしつこく待っているものだから、やっと花の名をあげてくれた。

「……秋桜かなあ」

「ああ、コスモス」

「風に揺れている秋桜がいい」

「列車の風じゃなく……」

父は小さく笑った。昔、ボクがつくった俳句のようなものを、よく憶えてくれていたのである。

火の風

風をカメラで捉えるのは、思った以上に難しい。なにしろ、風そのものは見えないのだから、風にそよぐもの、風に流れるもの、風に舞うものを撮って、風を感じさせるしかない。

沖縄の西表島へ台風を撮影しに行ったことがある。まだ沖縄が本土に復帰していない頃のことだ。

七月、石垣島のホテルで待つほどに、期待に背かぬ超大型の台風が接近してきた。

「やっと来ました！」

島の人たちは台風の接近を恐れるどころか、喜んでいるのだ。理由は一つ、台風は水を運んできてくれるのだ。川らしい川を持たない沖縄の島々では、水は天からのもらい水である。

折しも、その年の沖縄は異常な渇水に泣いていた。普通なら、幾つもの台風が通過しているはずなのに、みんな大陸へと逸《そ》れていき、島によっては、飲み水にも事欠くようになった。そうした島はクリ舟を出して周辺の島々へ水を分けてもらいに行く。しかし周辺の島々だって、今日の水はあっても、明日の水はどうなるか判らない。

そんな折の台風接近である。

「どうか、途中で逸れませんように……」

やっと願いが通じたか、超大型の台風が石垣島を直撃する形となった。

もの凄い風が吹きはじめ、そこら中の木をなぎ倒す。雨は斜めに降るのではない。真横になって吹きつける。石垣港に打ち寄せる波は防波堤を強いジャンプ台のようにして陸地に降りそそぐ。

もちろんカメラはそれらの情景を撮影していったが、台風がいよいよ接近、島に上陸するころになると、カメラマンは立って撮影が不可能になった。人が飛ばされるのだ。

「しばりつけて下さい」

若いカメラマンは海岸ぞいに立っている巨木に自分の体をしばりつけてくれと主張した。

「こんな台風には滅多に出会えません。しばりつけて下さい」

私たちは不安はあったが、カメラマンの体を大きな幹にしばりつけた。

それから一時間、彼は荒れ狂う台風に向かってカメラをまわし続けた。しかし、何という凄《すさ》まじい台風か。空が裂け、海は砕け、地は悲鳴した。

実に長い一時間であった。

と、不意に天地が静かになった。あれほど吹きすさんでいた風が、嘘のように静まっている。

「台風の目だ。目に入ったんだ！」

私たちは海岸の木に向かって走った。カメラマンは、巨大なボクサーに散々打ちのめされたように、木にかろうじて寄りかかっていた。

「大丈夫か！」

「大丈夫です……」

「カメラは廻せたか？」

「廻しました。ありったけ廻しました。……台風を真正面から撮りました」

太陽が輝いた。空を見上げると、抜けるような青空がある。

「なんだ、あれは！」

空には無数の蝶が舞っていた。今までにあんなに夥《おびただ》しい数の蝶を見たことはない。蝶たちは巨大な雲の壁にかこまれた〝台風の目〟の中を、台風と一緒に移動しているのである。そうか、静かにおさまっている台風の目から、ちょっとでもはずれたら、柔らかな羽根しか持たぬ蝶は、一瞬のうちに風に叩き落とされてしまうだろう。それで台風の目の中に避難して、無風の旅を続けているのだ。

しかし、どこまで旅すれば台風は消えるのか。何千キロメートルの旅にちがいないのだが、この蝶たちは飛び続けることができるのだろうか。

茫然として私たちは、舞い続けている無数の蝶の群を見上げていた。

台風の目は、たっぷり直径三十キロメートルもあった。台風情報を伝えるラジオで、時速三十キロメートルと教えられ、再び風が荒れはじめるのがきっかり一時間後であったから、その計算になる。

確かに台風は、たっぷりと水を運んできてくれた。何百万トンの水を一度に運んでくるのだから、自然の力はもの凄い。しかし、台風は恵みの風だけではない。家も、木も、畠の作物も沢山なぎ倒された。その上に、もっと恐ろしいことがはじまった。

台風一過して再び太陽が輝きはじめると、島の景色が一変した。あれほど青々とした緑の眺めが、赤褐色のフィルターをかけたようになった。木という木の葉が、チリチリにまくれあがり、赤褐色となっているのだ。

「ここらでは、台風のことをピープーとも言います」

「ピープー?」

「火の風と書きます」

なるほど、火で焼いたように、葉という葉が焼け焦《こ》げている。しかし、なぜ焼け焦げるのか。

「台風の風が海の水をまきあげて、島中に降らせます。台風が去って、太陽が照りつけると、強い塩をふくんだ水をかぶっている葉っぱは、太陽の熱で、塩焦《しおこ》げするのです」

なるほど、塩で焼くのである。島の人たちがいう火風の意味が判った。

それにしても、島中の木の葉を焼き焦がされようと、水をもらうほうが有難いのだ。水なくして、人も自然も生きることはできない。

さて、決死の覚悟で撮影した台風は、どうなったか。

撮影したのはビデオでなく、フィルムであったから、東京へ送りかえして現像しなければ見ることはできない。東京へ送りかえして、返事を待った。返事が来た。

「なにも写っていない」

レンズに海水まじりの雨がふきつけ、ただぼんやりとした波のようなものが、激しくブレて写っているだけであった。

風は、写すのが難しい。

アマテラスの最後の旅

アマテラスの様子がおかしいので、ここ数日はできるかぎり彼女のそばから離れないようにしていた。

アマテラスは、公園通りあたりではもっとも長命なメス猫で、小公園に面したマンションの入口にいつも坐っている。実はこのマンションに私の事務所もあるのだ。早坂事務所だが、だれもそうは呼ばない、宮澤賢治さんの童話に出てくる〝猫の事務所〟と呼ばれている。

私が公園通りに来てから十八年目だが、その時にもう子猫を連れて歩いていたから、少なくとも十八歳以上ということになる。
猫の年齢を人間に換算すると、

猫	人間
1カ月	1歳
2カ月	3歳
3カ月	5歳
6カ月	11歳
1年	18歳
4年	32歳
7年	44歳
10年	56歳
13年	68歳
15年	76歳

と獣医さんに教えてもらった。

「十七歳以上となると、つまりキンさん、ギンさんクラスですね」

百歳クラスというのだ。

どうりで、アマテラスはすっかり恍惚《こうこつ》の猫となってしまった。

恍惚——ボケは人間だけではなく、犬や猫もちゃんと恍惚する。犬よりか、猫のほうがボケは遅いというけれど、アマテラスは背中のあたりの毛が汚れてケバ立ってきた。

猫の老化を示すシグナルは、背中の毛の汚れだそうだ。老化すると体の骨が硬くなって毛づくろいする舌が背中のあたりまで届かなくなるからである。

「イスズさん」

と、同じマンションを仕事場にしている少女漫画家のFさんは、アマテラスを呼んでいる。女優の山田五十鈴さんのように、老いてますます色っぽいからだ。目元もねっとりと流し目をするし、——猫や犬、いや鳥を見てもみな正対して（真向いあって）見つめるもので、流し目は人間だけの視線と思っていたら、アマテラスはどこで学習してきたか、ちゃんと流し目をするのだ。

口の左上に、つけボクロのような黒い斑点もあって、モンローふうでもある。

人間がみても色っぽい猫は、猫が見ても色っぽいらしくて、アマテラスはいつもオス猫にかこまれ、さながら公園通りの女帝のようにして生活してきた。

たぶん、公園通りに住む猫をたどればみな彼女にたどりつく。つまり彼女の娘、息子、さらにマゴたちであるから、私はアマテラスと呼んできたのだ。

アマテラスは、うずくまったまま、もう食べることも、水を飲むこともしなくなった。一番の好物だったマグロの中トロを置いてやっても、口を近づけようともしない。

彼女が、ゆるりと体を起こした。よろよろと山手線の線路のほうへ、坂道を下っていく。

「とうとう死ににゆくのだ……」

私はゆっくりとアマテラスの後を追った。何百匹と、公園通りの猫たちとつき合ってきたけれど、猫たちは一度だってどこで死ぬのか教えてくれなかった。死にぎわがくると、ふっと姿を消してしまうのだ。

〝巡査〟も〝ブック〟も〝カルメン〟も〝オートバイ〟も、みなそうだった。ビルの谷間や、わずかな空地をさがしてみるが、一匹の死体も見つけることができない。

「一度だって、鳥やケモノの行き倒れを見たことがありません」

放浪の俳人種田山頭火が話していたが、彼の名をもらった〝サントーカ〟も、かき消すように姿を隠している。

アマテラスは、よろめいては立ちどまって休む。無理はない。彼女はここ数日、ろくに食べてない。いや今日は水も飲まなかった。

いってみれば、僧空海が死ぬ時のように五穀絶《だ》ちをしているのだ。空海は自分の死期を悟ると自らその日を予告して、その日に向って五穀を絶っていった。最後に絶つのは水である。死の直前が水絶ちなのだ。

だから、アマテラスも水を絶った時点ではっきり死を直感して歩きだしたにちがいない。

彼女は山手線にぶつかったところでゆっくり左折した。そして線路ぞいの長い坂をのろのろと登りはじめた。

どこへ行くのか。

おしりからは、赤い血が少し流れている。

私はふと、釈尊の最後の旅を想った。八十歳を数えて、釈尊は老衰される。

「自分の体は、古びた車が皮紐《ひも》であちこち縛りつけられて、やっと動いているようなものだ」と、おっしゃっているが、アマテラスの体が、そっくりそのままだ。体がゆがんで、ぎこちなく、きしむ音が聞えるようにして歩いていく。

釈尊は死を予知して、マガダの城から北に向って急がない旅をなさっている。急ごうにも急げない最後の旅は、ひどい下痢と腹痛に悩まされた。たぶん大腸癌であったろうと、現代の医師たちは推量している。

アマテラスも、腸に癌があるから、あんなにおしりから血を流しているのか。

それにしても、どこまで歩いていくのだろう。この道に死体を隠してくれるような場所はないのに……。


向こうに明治神宮が見えてきた。

ああ、あの神宮の森の中で死ぬのか……。あそこなら立ち入り禁止地域なので、誰の目にも触れることもない。しかしまだ二百メートルの坂道が続く。のろのろと、アマテラスは、けれども確実に神宮をめざして歩いていくのだ。

これだけの余力を残して、最後の旅に出かけたアマテラスに、私は驚嘆している。立ちどまり、うずくまる。そしてまた歩きはじめる。すさまじい意思の力が、こちらに伝わってきて、私は泣きそうになっていた。

「人間はみっともなく、おろおろとするばかりなのに、君たちは本当に立派だなあ」

十八年前、癌で死を宣告されたとき、ひとしきり混迷した自分が恥しいというものだ。

アマテラスは、とうとう坂を登りきった。

あとは広い車道を横切れば、明治神宮の森にたどりつく。しかし、車の通行が激しくて、とても渡れない。そこは信号がなく、歩道橋があるだけだ。とても歩道橋の階段は、アマテラスに登れない。

私は彼女を抱きあげようと近づくと、アマテラスはもう車道に足をふみ出していた。自分の力で、真っすぐ車道を横切ろうというのだ。

私はあわてて車道に飛び出し、疾走してくる車に向って手を振った。

「停まってくれ！　ストップ！」

ブレーキの音を鋭くたてて、車が次々と停まった。

「さあ、渡れ。渡るんだ、アマテラス」

奇妙な初老の男が両手をあげて車を停め、その前を老衰いちじるしい猫が、ヨロヨロと歩いている。なんとも、その足どりはもどかしく、三歩よろめいて、しばらく休むというぐあい。

非難の警笛が鳴るけれど、何十台の車が停まっているのか、私にふりかえる余裕も、勇気もない。ひたすら非難の警笛が耳に入らないふりをして、アマテラスを励ます。抱きかかえて走れば、あっという間に渡り切れるのだが、彼女が命をしぼり切って行う最後の儀式に、手をさしのべることは無礼なような気がした。

とうとう、アマテラスは横断し切った。

彼女の力がつき果てようとしているのは、誰の目にも分かる。彼女の目の前にはコンクリートの柵があるだけである。

「さあ、お入り……」

アマテラスは体を押しこむようにして、昼なお深い闇をただよわせる明治神宮の森の中に入っていった。

「アマテラス！」

私は彼女の名を呼んだ。もう一度ふりむいてほしかったのだ。

しかし、彼女は足をとめただけで、もう、ふりかえる力もないかのように、森の闇に入っていく。

「ここが公園通りの猫たちの死に場所なのか」

私と深く、深く交際してきた数十匹の猫たちが、立派に〝覚悟死〟をとげた場所である。

「さよなら、アマテラス……」

私は思わず合掌して、念仏のようにある言葉をくりかえした。

「生まれ生まれ生まれ生まれて生の始めに暗く、死に死に死に死んで死の終りに冥《くら》し」

アマテラスのように壮麗な覚悟死をとげた弘法大師空海が、死の直前に発した最期の言葉である。

人も猫も、生命を持つものに変わりはあるものか。

アマテラスも、空海と同じように生の終りの暗闇を見ているのにちがいない。

涙があふれ出てしかたなかった……。

第4章

渥美ちゃんのこと

「暁さん、旅に出るの？
オレも連れていってちょうだいよ」

渥美ちゃん

渥美清さんが死んだ。

八月六日、いつものようにボクは広島にいて、原爆の〝五十一年目の放射能〟を浴びていた。五十一年前に妹春子が全身に熱線と放射能を浴びて、真っ黒焦げになった思い出を、決して忘れるもんかと、心に被爆するために広島に行くのだ。

春子は、どうしてもボクに会って話したいことがあると八月五日に家を出て、広島でピカに焼け焦げ、ドンに飛び散ってしまった。

防府の海軍兵学校分校にいたボクに、何を話したくて家を出たのか。ボクのことを本当に好きになっていいんだよと母が言ってくれた嬉しさを伝えたかったのか。春子は、それまで自分が捨て子と知らず、ボクを実の兄と思いこんでいたのだ。

たぶん、春子が生きていれば、ボクは彼女と一しょになったにちがいない。ボクは春子が好きだった。

五十一年目の広島から帰ってきた翌日、渥美清さんの死を知らされた。

「死んだ」という知らせではなく、三日前に死んでいたという知らせだった。「死んだ」というのと、「死んでいた」というのでは、天と地ほどのちがいがある。

体の調子が悪いのは、前から知っていたが、まさか肺癌とは知らなかった。ボクが心筋梗塞や、胆嚢癌の疑いで入院していたお茶の水の大学病院へは、渥美さんはよく見舞いに来てくれた。

その同じ病院で手術を受け、そして死んでいたなんて……。肺癌の末期は、すさまじい衰弱ぶりをみせるから、そんな姿を見せたくなかったのだろうけれど、ボクだってその通りにするだろうが、もっと早くに肺癌とわかっていたら、ボクにも見舞いをさせてほしかった……。

渥美清さんとの交際《つきあい》は、四十五年ぐらいになる。彼が浅草でストリップの合い間にコントをやっていたころ、ボクは大学生で浅草あたりをゴロゴロしてて、知り合ったのだから、ずいぶん古い。

「渥美ちゃん（と呼んでいた）。テキ屋の話をやろう」

「テキ屋の口上なら、得意だよ」

「うん、だからテキ屋でヘンテコリンなもの、インチキすれすれのものを売り歩いている男の話を、テレビでやろう」

「よし、面白そうだネ。やろう」

「その男は、背中にコワーイ、この世で一番コワーイものを刺青《いれずみ》しているんだよ」

「へぇー、どんな刺青なんよ?」

「ピカドン」

「あの原爆の……」

「そ。あのマガマガしいキノコ雲。あれを背中一ぱいに彫っている。いざとなると、オレはピカドンで父ちゃんも母ちゃんも、大好きな妹も殺されたんだ。たった一人残ったオレは、この背中のピカドンをお位牌がわりにして、西から東、東から南へと渡り歩いているピカドンの辰《たつ》という者ンだとタンカをきる……」

「ピカドンの辰?　いいなぁ。暁《ぎょう》さん(と呼ばれていた)、それ、書いてよ」

ところが、ピカドンの刺青は、被爆者の気持ちを逆《さか》なでするのではと、どのテレビ局も尻込みしてしまった。

それから一年後(だったと思う)、フジテレビで、『男はつらいよ』がスタートする。

「暁さん、フーテンの寅《とら》というテキ屋をやることになったから、書いてよ。ハハハ。辰《たつ》が寅《とら》になっちゃったんだけど、いいよね」

生憎、ボクはほかの仕事をかかえていて、書けない。「そのうち、参加するよ」ということになったが、それが渥美ちゃんの長ぁい寅さん稼業《かぎょう》になってしまったのだ。

十年ほど前、彼と二人で瀬戸内海の島から、ボクの郷里へ一しょに旅行した。はじめに広島に行って、太田川に浮かぶカキ船でカキ料理を食った。食べながら、ボクははじめて春子のことを話した。

「なんだ、ここは暁さんの、辛い場所なんだ……」

渥美ちゃんは箸をおいてしまった。

「そうか、昔〝ピカドンの辰〟って話を考えてくれたよなぁ。……ありゃァ、暁さんの辛い気持ちがこもっていたんだ」

彼は膳から離れ、窓辺に寄って川面を見つめた。

「……この川の中でも、大ぜいの人が死んだんだ」

「ああ……」

「……春子ちゃんは、暁さんに何を言いたかったんだろうなぁ？」

「……」

「暁さんのおふくろさんに、ほんとに好きになってもいいんだよって、そう言われたことが、それが嬉しくて、それを暁さんに話したかったんだよ……」

「そんなこと、手紙でよかったんだ」

「手紙じゃダメなんだよ。じかに、暁さんの目を見て話したかったんだよ」

ボクの目から涙が流れ出ていたが、渥美ちゃんの目にも、あの細い目にも涙が一ぱい浮かんでいた。

ありがとう、渥美ちゃん。あんたの涙は、なによりの春子への供養だったよ。

八月六日の慰霊式には、報道席で参加できた。ことしも、亡くなった被爆者の名簿が納められている。

本当なら、あの中に春子の名も納められていいのに、春子はどこで死んだか分からないので、宙に浮いたまま、ヒロシマの中空に漂っているんだ。

それにしても、毎年の慰霊式は八時十五分の原爆炸裂の時間にあわせて行われるので、朝とはいえギラギラとした太陽の光が参加者の全身に照りつける。

ことに遺族席は、年々に高齢者の姿が目立つ。帽子をかぶるわけにもいかず、高齢の遺族は、ひたすら我慢して酷熱の中に坐わり続ける。

よく卒倒者が出ないものだと思うけれど、救護所は用意してあっても、天幕《てんと》を張る配慮すらないのかと、優しくない主催者広島市に怒りが湧いてくる。

長々と来賓の挨拶が続く。市長の平和宣言、首相の挨拶、そして衆議院と参議院の議長がつづく。

——唯一の被爆国日本は……。

日本国は被爆なんかしていないぞ。日本は広島と長崎という二つの被爆都市を持っている国家にすぎないぞ。

さらに広島県知事、広島県議会議長と挨拶は続く。やめてくれ。倒れそうだ。

鳩がとばされ、平和の歌の合唱がはじまる。百人あまりの若き合唱団は、何を歌っているのかまるで歌詞がわからない。

早く、終ってくれ。退場したくても首相が大袈裟なＳＰに護られて退場するまでは、カンカン照りの席から一歩も動けないのだ。

「やい。せめてオレみたいにピカドンを彫って、心に被爆しろってんだ」――ピカドンの辰よ、出てきてくれ。

結核患者の咳は音叉のように響くんだ

渥美ちゃんが亡くなってしばらくして、ある人から「病床の、最後の手帳が出てきた」と連絡が入りました。その手帳の最後のページにこう書いてあった。

「家族のみんなで神津島に行こう。ギョウさんにも声かけて」

伊豆七島の神津島は白砂の海岸のそばに温泉が湧いていて、とってもいい島なのです。これには参りました。というのも「なんであの時会っておかなかったのか」と、悔やんでいたさなかのことでしたから。

平成八年に渥美ちゃんが最後に入院する直前、訪ねてきてくれたのを僕は追い返してしまっていたのです。ちょうど編集者が原稿の上がりを今か今かと待っていたものですから、「二、三時間後ではだめ?」と聞いたのですが、「じゃあ、また今度」と渥美ちゃんは帰って行った。結局それきりとなってしまいました。サヨナラを言いに来てくれたのだと思います。

ぼくらがはじめて出会ったのは、浅草六区街の裏通りにある「蛇骨湯《じゃこつゆ》」という銭湯の湯船のなか。昭和二十七年の秋のことです。この年はまことに騒然たる年で、五月には皇居前広場でデモ隊に警官が発砲した「血のメーデー事件」が起き、七月には「破壊活動防止法」が施行されています。四国松山から上京し、日大芸術学部に入って半年。東京大学の劇団ポポロの舞台を手伝いに行っていて、ぼくは刑事と学生の騒動に巻きこまれて、公安の追跡から逃走中だったのです。

歯切れのいい声で「よッ、ごめんよ」と言って男が湯に身を沈めた。ぼくはたぶん、顔を隠すように湯船の端に寄っていったのでしょう。それを見て男が声をかけてきた。「兄《あ》ンちゃん、逃げてンのかい」と。それが渥美ちゃんでした。

かれもまだ二十四歳。ストリップ百万弗《ひゃくまんどる》劇場の舞台に立つコメディアンでした。これを縁に付き合いがはじまった。食事をご馳走になったり、渥美ちゃんの家につれて行かれてお母さんに紹介されたりもしましたが、やがてつきあいは疎遠になっていきました。渥美ちゃんが肺結核を患って療養所に入り、右肺全摘手術を受けることになったからです。

ぼくらが再会するのは出会いから九年後、昭和三十六年のことです。NHKの廊下でばったり会ったとき、ぼくは駆け出しの脚本家、かれは人気バラエティ番組「夢であいましょう」のレギュラー出演者になっていました。交遊が再開して、年に何度かは一緒に旅に出るようになりました。再会後のつきあいは三十五年。仕事では、渥美ちゃん主演の連続ドラマ「泣いてたまるか」の二本と、「田舎刑事」シリーズの脚本を書きました。

じつは、昭和四十四年に映画「男はつらいよ」が始まって大ヒットとなると、ぼくは早く「寅さん」から脱出して欲しいと願っていました。「寅さん」は渥美清の大事な財産目録の一つです。けれど、それだけの渥美清では淋しすぎる。

渥美ちゃんには笑いと同量の悲しみがある。笑い顔もいいけれど、怒りや悲しみの顔に凄みがある。殺気をもつ稀有な役者でした。ぼくはそんな渥美ちゃんと昭和という時代を描きたかった。大事なのはあのどん底の、惨めな日本を知っているかどうかなんです。渥美ちゃんはそれを知っていました。

「ギョウさん、尾崎放哉《ほうさい》を演ってみたいんだよ」

電話口で渥美ちゃんがそう言ったのは昭和六十三年のことでした。放哉は、ごぞんじ種田山頭火と並び称される放浪の俳人です。かれのほうから「この役がやりたい」と言ってきたのは、後にも先にもこのときだけです。

放哉が詠んだ句に、「咳をしても一人」という句がありますが、渥美ちゃんはこの句がよくわかると言う。「結核患者の咳は独特の咳、音叉のように響くんだ」と。優れた俳優はそういうことを手がかりに役を造型するのかと驚きました。さっそくぼくらはシナリオ・ハンティングにでかけました。放哉の生まれ故郷、鳥取。そして最期の地、小豆島へと。ところがさまざまな事情が重なってなかなか実現の目途が立たなかった。

ぼくが放哉のシナリオを書き上げ、『首人形　放哉の島』というタイトルをつけて渥美ちゃんに送ったのは平成五年の冬のことでした。かれの死の三年前です。渥美ちゃんの身体には、その時すでに肝臓がんが巣食って肺へ転移しつつあった。寅さんからの脱出劇を試みるだけの力は、もう残されていなかったんです。『首人形　放哉の島』はいまも映像化されないままです。

渥美清の一周忌

ほんとうに早い。

つい先ごろと思っていたのに、もう渥美清の一周忌がやってくる。

渥美ちゃんが死んだのは八月四日。ボクが原爆のことで広島へ行っている間のことだった。

今年も、一周忌の八月四日は、広島で原爆のドキュメンタリーを演出、出演しているので、東京にいない。

ボクが生まれたのは八月。国がやぶれたのも八月、広島で無数の燐光を見て震えたのも八月。その広島で愛する妹がピカドンで爆死したのも八月。そして、わが友渥美清が死んだのも八月だ。

陽光は明るくても、八月はボクをめぐって生き死にがへばりついており辛くて、重い月なのだ。

それにしても、渥美ちゃんの死はあっけなかった。いや、本人は癌の病棟で、痛くて苦しい闘病を続けてのことだったが、できるだけ、さり気なく、あっけなく見せるようにして死んでいった。

ボクとの出会いも、そういえばあっけらかんと、あっけなく、そのうえヘンテコだった。浅草の六区街はいまは少しさびれてはいるが、戦前から、戦後まもなくにかけては、東京では一番の、いや、日本一の盛り場で、映画館、芝居小屋、見世物小屋の集まる大娯楽センターであった。

蛇骨湯《じゃこつゆ》という銭湯は、その六区街の小さな露地奥にある。ガラガラと浴室の戸をあけて、誰か入ってきた。ボクは、たった一人、湯船のなかに体を沈めていた。昭和二十七年だから、ややッ、四十五年も昔になるんだ。入ってきた男が湯船に入り、湯がザザッとあふれた。

「兄《あ》ンちゃん。逃げてンのかい」

そう声をかけてきたのが、渥美清だった。

どうして、あんなことを言ったのかと、後年になって訊いてみると、

「アハハ。だって暁《ギョウ》さんは、手拭を盗人《ぬすっと》かぶりに頭にかけ、ツーと隅のほうに寄っていったじゃないの」

ボクは手拭を盗人かぶりにした覚えはないが、たぶん、そうしたかもしれない。実は東大の劇団ポポロ事件のからみで、都心をはなれて、当時は東京の魔窟《まくつ》といわれた玉の井に身を潜めていたんだ。

彼は六区街の劇場に出ている芸人だった。それもタダの芸人じゃない。ストリップ劇場でコントをやり、ある意味では一番「早く、ひっこめ!」という野次《やじ》を浴びる芸人である。

彼が出ているフランス座に遊びに行くと、

「兄ンちゃん。踊り子のなかから一人選びなよ」

という。

踊り子はストリッパーやら、脱がない女の子もふくめて十数人。

「食えないときは、踊り子に食わせてもらうのが一番だよ。紹介してやるから」

ストリップ劇場のコント芸人は、まことに給料が少なく、隠れて踊り子に寄生して暮らしていた。支配人に見つかろうものなら、一ぺんに芸人のほうはクビになるから、劇場入りも、アパートへ帰るのも別々で、劇場内ではお互い知らんぷりして舞台をつとめている。

ボクは客席から踊り子たちを眺め、色の白い、小鼻に汗を光らせて踊っているグラマーなストリッパーにねらいをつけた。

「ピンクの羽根つけて踊ってた踊り子がいい」

ボクの言葉に、渥美ちゃんはなぜか、グッと詰った。

「……あれは、止めたほうがいい」

「どうして?」

「あのコは悪い病気持ちだ」

「いいよ。悪い病気だって。治せばいいんだ」

「いや、あのコのは治ンねェなあ」

「……」

「別なコにしなよ」

あとで分かったのだが、そのコは渥美ちゃんの彼女だった。

「なんか、女の好みが似ているんだ……」

ずっとずっと経《た》ってから、女の話が出たとき、ボクがつぶやくと、

「暁さんの理想の女を言ってみてよ」

と、きた。

「理想といわれると心持ちもからんで難しいけれど、顔や体の好みなら、すぐ言える」

「誰?」

「谷ナオミさん」

ピンク女優で、パートカラーの映画時代から見事な肉体を見せてくれた。引退前は団鬼六さんの緊縛《きんばく》ものに出てＳＭの女王ともいわれた。

「あの人の下品美は、凄いね」

「なるほど、下品美か……」

渥美ちゃんは笑った。

「渥美ちゃんも、そうだろ」

「いやいや。アハハ、イロハニホヘトの隅田川」

と訳のわからないことを言って、ごまかしてしまった。隅田川が出てくるときは、水に流してよとの意味だから、その話はそれでおしまいになった。

渥美ちゃんが死んでから聞いたのだが、彼は団鬼六さんの家でのＳＭショウに顔を出し、谷ナオミさんとも、しきりに会っていたという。

なんでボクも誘ってくれなかったかと思ったが、とても可笑《おか》しくなってきた。

「ダメだよ。あのコは悪い病気を持っている」

と言ったときの、彼の顔を思い出したからである。

彼は、芸能界では一番底のあたりから、上をめざして歩きだした。それも、結核という、当時は〝死に病〟といわれた病気から、命からがら脱出して、ストリップのコント役者上りの脱出を試みるのだ。

病気前は、欲望をおさえることの大嫌いだった彼が、おのれの命に目ざめたように、まことにストイックな暮しを持続してきた。女はもちろん、酒、煙草、ギャンブル……そういうものを一切、断ち切ってみせたのだ。

それも、さり気なく、あっさりと……。そうだ、さり気なく見せることに、彼の〝恥ずかしがりや〟のファイティング・ポーズがあったんだ。

〝闘ってますよ〟というポーズをみせるのが恥ずかしいのだ。いや、コッパズカシイのだ。

俳人の正岡子規さんではないが、子規さんも脊椎《せきつい》カリエスという業病のなかで、家の中では悲鳴をあげ、泣き叫んではいたが、知人や、世間には、

——なおかつ平気で生きる。

ことを堅持した。

思えば渥美清は芸能界という、いわば酷寒、酷熱の地帯を端から端まで踏破した男だ。しかも低みから高みへと……。改めて拍手を送りたい。

君はその縦走の旅で素晴らしい魂の格闘技をみせてくれた。

「渥美さんとお別れする会」弔辞

渥美さん。僕は本当にいまだに信じられないというか、あなたが亡くなったということを聞いて、本当に深いショックを受けました。いや、亡くなったというんではなくて、亡くなっていたというのを聞いて本当にショックを受けています。亡くなったというのと、亡くなっていたというのは大変な違いなわけです。

もう、僕はあなたと会って、四十五年位たちますか、しかしこの十数年は本当に毎月のように会い、そして北海道以外は本当に日本中を旅して歩きました。思えば、その、今聞いたわけですけども……もう五年も前……そう、癌だということ……告知されていたということです。で、僕も、僕も癌だということを告知されて、何度も病院に入ったことがありますが、その時は渥美さん、横浜や東京の病院へあなたは何度も来てくれた。僕だって、一度くらいはあなたをお見舞いしたかったと思うんですね。それを、一度も教えてくれなかった。そして、ここ十年程の旅の間に、特にこの四、五年の旅の間に何一つそういうことを語ろうともしなかった。考えれば、本当にあなたは強い。本当に強い。立派だと思う。僕はとてもそんな真似はできなかった。僕は癌だと言われた時は、内心非常にジタバタしました。あなたはそれをよく承知してくれ、本当に僕の息を鎮めるようなかたちで、見舞ってくれた。

本当にありがたかったのですが、僕は、あなたの癌の告知から死ぬまでのその間、何の助けにもならなかったことを思うと、辛くてなりません。

思うと、あの四国や、九州や、東北へ行ったあの旅行の時は、そういう辛い身体をかかえていたわけなんですが、確かにすぐ旅館でも、横になって八時くらいにはもうすでに自分の部屋に入ってしまっていたんですよね。あ、疲れやすいんだなということはわかってました。で、肝臓が悪いということも知っていました。しかし、本当に僕は鈍感だったんだろうと思います。そんなことを察しられなかった僕はとてもくやしい、くやしいです。

でもそれ以上にあなたはそういうことを気取られずに、正岡子規さんの言葉ではないですが、なおかつ平気で生きてみせた本当に強い人だと思う。正岡子規さんは、やはり結核からきた業病で身体中穴だらけというそういう姿で、自分の死期をも悟っていたわけですから。書いておられますけれども、それでも、なおかつ平気で生きることが大事だと、なおかつ平気で生きる。なかなかそういうことは出来ることではありません。あなたは、僕が知っている限りでは、正岡子規さんの他にはあなただけだなと思います。本当に偉かったなと思います。

しかしそれにしても、僕はあなたと旅をしながら、ご飯を食べながら、いろんな話をしました。そして、尾崎放哉という俳人、小豆島で死んでしまった俳人ですが、あの尾崎放哉を演ってみたいと言われたのは、もう十年程前だったか……。それで一緒に取材にも行きました。そして種田山頭火、これもやはり放浪の俳人でしたが、やはり旅先で本当に鳥が死ぬように、木が枯れるようにして亡くなってしまった俳人ですが、この種田山頭火も演ると言って、本当に種田山頭火が歩いた跡を全部二人で歩いたじゃないですか。

そういうことを思うと僕は、寅さん……、寅さん……、渥美清さんと、とても大好きですが、僕はあなたは寅さんだけでは済まない、大きな物を持った俳優さんだと思っていました。あの笑いと同量の、いやもっとそれ以上の涙を抱えた俳優さんだと思っていました。そして、あなたこそ僕より一つ上ですが、昭和を生きた昭和の子だと思っていましたから、昭和を描くに足る俳優さんはあなたしかいないと思っていた。ですから種田山頭火、尾崎放哉、昭和を生きたそういう人物を描きたい……あなたを通じて昭和を描きたいと思い続けてたわけなんですが、しかしあなたは本当に正岡子規さんよりなおかつ平気で……平気で死んでしまわれた。

不思議なことのように思うんですが、この寅さんの四十八作……四十九作ですか……。今年作られようとした題名として、「寅次郎花へんろ」。「花へんろ」というのは僕がＮＨＫのテレビでずっと何作も作ってきたシリーズの番組ですが、そこではあなたはナレーションをずっとやっておられました。それで、その「花へんろ」を題に使いたいとおっしゃって非常に僕はうれしかったです。うれしかった。それで本当に僕の郷里にも何度も何度も来てくれて、四国をよく知っていましたから、とてもうれしかったんですが、しかし、その「寅次郎花へんろ」も完成する事がなかった。それで今年また「花へんろ」というテレビもシリーズも再開します。ですから、また始まるから渥美さんよろしくねという連絡をしようと思っていた矢先のことで

「渥美さんとお別れする会」弔辞

す。

僕は……あなたが逝ってしまわれたことは認めたくありません。逝ってないんだと思いたい。そう思うことにしています。あなたが演りたいと言った尾崎放哉の脚本もちゃんと出来ております。山頭火のホンも出来ております。待っております。どうか、どうか帰ってきてほしい。気が向いたら本当に「じゃあ撮ろうか」と言って帰ってきてほしい。僕は待っています。ホンはもうすでに出来てます。僕はあなたが逝ってしまったことを絶対に思いたくない。そう思っております。でも寅さん、今日寅さんとして渥美清さん、この会場に来る駅の所からこの撮影所にぐるりと人が取り巻いている。本当にあなたは、あなたぐらいたくさんの人に愛された俳優はいないと思います。その意味ではあなたは、日本一幸せな俳優さんだと思いますが、まだまだ、まだまだ死んじゃいけません。死んじゃいけない、引き返してほしい。僕は本当にそう思います。待っています。

第5章

戦争と原爆

海軍兵学校時代。
戦艦大和に憧れた軍国少年。

春子の人形

夜おそく、私の店の前で赤ン坊の泣く声がするので、父が出てみると赤ン坊が捨ててあった。昭和六年の三月、四国の松山に近い町のことである。

「ま、女の子……」

寝間着姿の母は、ともかくオシメを取りかえてから、ゆっくりと抱きあげた。

「可愛いお顔して」

深々と柔らかい母の懐に抱かれた赤ン坊は、もう泣きやんでいた。

「これしか置いてなかった……」

父は赤ン坊と同じぐらいの、大きな日本人形を手にしていた。おかっぱ髪の女の子の人形である。

警察には届けたが、思いかえして名のり出てくる人もなく、結局は、赤ン坊はうちで育てることにした。

「お遍路さんが置いていったんじゃろ……」

私の家は遍路みちに面した商家で、過去にも一度捨て子があった。その時の赤ン坊は男の子で、うちで育てていると二年目に母親があらわれた。遍路姿の人だった。

「……一緒に連れて死のうと決めていたんですが、あんまり可愛い顔をしておるので、どうしても連れて行けず、繁昌しているお宅の店の前に捨てさせて頂きました」

独り身になった母親は瀬戸の海へ飛び込んだけれど、夜釣りの漁師に助けられた。

こうなったら、歩きに歩いて行き倒れて死のうと遍路みちをひたすら歩きはじめてみると、ひどい咳《せき》も収まってきた。瘦せこけた体にも肉がついてきた。女は結核だった。その頃は結核は業病とされており、可哀そうに女は子供を連れて離縁されてしまったのである。

「お大師さまのお蔭《かげ》で、このように元気になりました」

と、男の子を再び抱きかかえ、何度も合掌しながら遍路みちを遠ざかって行ったものだ。

温暖な風土で、新鮮な空気と、果実に恵まれた四国を歩き続けて、結核は治ったのである。

そんなわけで、女の赤ン坊も何年かして引きとりにくるかもしれなかった。

二度目の捨て子は、三月にうちに来たので、春子となった。

三歳だった私は、突然にあらわれた可愛い妹を嬉しくてたまらない。

「……本当のお母さんが、連れかえしに来なければいい」

女の遍路が店先に立つたびに不安だった。

しかし、三年たっても、五年たっても春子を捨てた母親は、あらわれなかった。

春子が小学校にあがる時、もう実の親はあらわれないだろうと、うちの戸籍に入れた。

赤ン坊の時から、春子は私と一緒に寝ていたが、いつも人形が一緒である。枕許《まくらもと》に置いてあったり、並べて布団の中に寝ていたりもした。

そんなわけで人形の着ている着物は汚れが目立つようになったが、私の母は新しい人形にとりかえることはしない。新しい着物に着せかえることもしなかった。

「……あのお人形は、春子の親が置いていった人形じゃから」

しかし、春子が捨て子であることは、絶対の秘密である。店の者にも、近所の人にも、それだけは念を押して頼んであった。

春子はもう汚くなった人形を、抱いて寝ることはなくなった。

「お乳が痛い……」

春子の乳首のまわりが、はれたようにふくらんでいる。

「春子は女の子じゃけん、それでええんよ」

と母は言って、その日から、春子は私と別の部屋で寝るようになった。

汚くなったけれど、毎年三月の雛祭りには春子の人形は雛壇に飾られた。七段の雛壇が座敷の床の間一杯に飾られて、姉も居たせいもあって、わが家の雛壇はボンボリが六灯も灯《とも》り、夜も華やかだった。春子の人形は一尺五寸の人形なので一番下段の右脇に坐らせてあった。

「春子の人形は、なんか気味悪いなあ」

「気味悪い⁉」

「…………」

「どうしてよ」

まずいことを言ってしまった。

「ねえ、どうしてよ」

「……一晩中、目をあけて坐っとる」

夜、寝る時は雛壇のボンボリは二つにする。深夜、座敷で音がするので、あるいはネズミがそなえ物をねらっているかと思って入っていくと、ネズミはいなかった。大きな春子の人形が、じっと私を見つめている。

そっと雛壇から春子の人形を抱きかかえて部屋に持って帰った。一晩、私の部屋において、朝早く雛壇にかえしてやるつもりだった。

目がさめると、人形がなかった。きっと、母が私を起こしに来て人形を見つけ、黙って雛壇にかえしたにちがいない。しかし、私はそれを確かめるわけにはいかなかった。なぜなら、春子の人形は私の枕許に置いてあったのではなく、私の布団の中にあったからである。

戦争が激しくなって、私は海軍兵学校へ入学することになった。まだ戦場へは出向かないが、空襲の激しい中で、長い別離となってしまうかもしれなかった。

「お兄ちゃん……」

春子は私のことを、そう呼んでいた。

「元気で帰って。死んだりしたら、いや」

「ばか、学校へ行くだけだ……」

春子は女学校に入っていた。大柄で色の白い、綺麗な女学生になっている。

母が、私を別室に呼んだ。

「……お前は、春子が好きかえ？」

「…………」

「ほんとに好きじゃったら、兄妹《きょうだい》でないことを言うてやらにゃいけん」

「どうして……」

「あの子も、……お前のことが好きらしい。ほんとに好きらしい」

「戦争で死ぬかもしれんのに、そんなこと……」

「死ぬかもしれんから、ちゃんとしたいのよ」

母は珍しく、強い声をだした。

「……母さんに、まかせる」

私は海軍兵学校へ入学した。分校の長崎県だった。空襲がはげしくなって、七月、山口県の防府に移った。八月、春子が面会にくるという手紙が来た。

「こんな空襲の激しい時に、来るのはよせ」とすぐに手紙を出した。何しろ昭和二十年の夏である。

――春子は死んだ。それも広島で。八月六日の朝、原爆の光をあびて死んだ。広島駅で九州行きの列車を待っている時だったのか。

「なぜ、春子を一人で出したんだ」

私は母をなじった。

「どうしても、あの子がお前に会いたいと言うて……。会うて、どうしても話したいことがあると言うもんだから……」

母は、春子が捨て子であることを話したそうだ。だから、お前はお兄ちゃんをほんとに好きになっても、ちっとも構わんと、言ったそうだ。

「……春子は、どうだった？」

「そりゃア、びっくりしてたけど、でも、嬉しそうだった。お前のこと、ほんとに好きになってもええと判って、ほんとに嬉しそうだったよ……」

春子は、私に何を言いたくて、空襲の激しい中を防府に向かったのか。

春子の死んだ翌年の雛祭りにも、春子の人形は雛壇にあった。しかし、新しい着物に着がえさせた。ところが人形を裸にした時、なかから一円札が出てきた。春子の産みの母が入れてあったものだろう。

……人形の胸のあたりに四つに折って入れてあった。

女相撲

思いがけず、女相撲を五十年ぶりに見ることができそうである。

「再現できるかねえ」

「ぜひ実現したいんです」

テレビ局のプロデューサーR氏は、何年も前から、この女相撲をテレビに登場させたかったというのだ。

女相撲とは、文字通り女が取る相撲のことで、戦前は女相撲の一座が全国を巡業していたのである。

私の町に女相撲の一行がやってきたのは、昭和十六年の秋だから、太平洋戦争がおきる直前のことであった。なんでも時局柄ご当地が最後の興行地だという。

〽お名残おしゅうはござりまするが
ご当地もって　これっきり
またの逢う日はございません
相撲甚句にのせて町をふれ歩く女力士たちは、髪を艶《あで》やかに大銀杏に結いあげて、まことに堂々と美しかった。一行三十数名の大一座なのだ。

今でいえば女子プロレスに当たるのだろうが、頃は昭和十年代、若い女性が肌もあらわに格闘してみせることが、今では想像もつかないぐらいエロチックで刺戟的であった。

肌もあらわにと書いたが、私などは、てっきり女の人がマワシをつけただけの裸の姿で相撲を取るものと想像していたのだ。私は小学校五年生であった。

「子供は女相撲を見てはいけない」

と禁止令が出たが、港近い広場には、華やかにテントが張られて、連日超満員の客を集めている。

ところが、ある日小学校で禁止令が解かれたのだ。

「国技である相撲だからして、皆は礼儀正しく見学するように。前線では兵隊さんが戦っておられるのであるから」

中国大陸では、すでに戦争は五年目に入っていた。

女相撲は、裸で組み打ちをするのではない。白ジュバンと、短いパンツをつけ、その上からマワシをつけるのである。あとは男の大相撲とかわらない。ただ、大相撲に遠慮してか、横綱がない。最高位が大関なのだ。

その大関の若緑《わかみどり》の子供が、私の町で料理店を開いているので、R氏と一緒に訪ねて行った。

店は、ちゃんこ鍋を食べさせて、なかなか繁昌している。

「えッ！　女相撲をやるんですか」

息子さんは四十歳になっている。店には母親の若緑の写真がいろいろ貼ってあった。

「ねッ、おふくろは綺麗でしょ」

私にそう言うのは、訳がある。実はわが町に来た女相撲のことを小説にして書いたとき、最強の力士若緑を色黒くして、いかつい大力女として描いたのだ。

「モシモシ、私は早坂さんと同郷の者ですが、おたくが発行している雑誌に連載している小説について、訂正を申し入れたいのです」

新潮社の「小説新潮」編集部に電話があった。

「女相撲で、私の母はなんだかゴツイ大女に描かれておりますが、あれは間違っております。私の母は美しい人で、証拠の写真もあります」

その証拠の写真も店に貼ってあった。息子さんのいう通り、大関若緑は、大銀杏にユカタがけ、腕組みをして写っているが、なかなかに美しい。

私が小学生だったので、大関若緑がひどく大きい、ゴツイひとに見えたのだろう。

「桃井かおりに似てません？」

同行のR氏が言った。そういえば、桃井かおりによく似ている。

「どうでしょう、若緑の役は彼女で」

私の書いた小説「女相撲」をドラマ化しようというのだから、女力士に扮する女優さんたちが必要なのだ。

しかし、この女力士役の女優さんがいないのである。

「顔は似ているけれど、体が細いでしょ。腕組みしている腕なんか、桃井かおりの腕の三倍はありますよ」

女相撲をテレビ化する最大の難関は、ここにある。いや、体のことだけじゃない。一度私は女優さんに女相撲の話をもちかけて失敗しているのだ。

「ふみさん……」

壇ふみさんに声をかけた。

「実は、女相撲のドラマを考えているんだけど、ふみさん、その中の雪錦をやってくれませんかね」

「えッ、私に女相撲……」

それっきり、ふみさんは私と口をきかなくなってしまった。美しい女優さんを女相撲ドラマに誘うのは一大難事業なのだ。

しかし、雪錦の役は、とてもいい役なのだ。

雪錦は色の白い大柄の、若緑と並ぶ美しい大関だった。得意技は突っ張りで、両手をまるで車輪を廻すようにして突っ張り、あっという間に相手を土俵外に突き出してしまう。突き出すと、ニッコリと笑って、倒れた相手に手をさしのべる。その優しい顔が、私は大好きだった。

女相撲が私の町で解散になった時、町のファンの声に押されて、大関若緑は町に残ることになった。残って、「ちゃんこ鍋」の料理屋を開いたのである。

突っ張りの雪錦は、花嫁となって満洲へ行った。満蒙開拓義勇軍、つまり、満洲開拓民の妻となって満洲へ渡ったのだ。

「拝啓、男の子ができました。こちらは寒くて、家の中に寝ていても、鼻の穴にツララができます」

満洲から来た雪錦の手紙である。

その男の子が四つになった時、自動小銃を持ったソ連兵が侵入してきた。雪錦たちの開拓団は、着のみ着のまま、チチハルに向かった。

名も知らぬ川べりで野宿していると、ソ連兵が女を漁《あさ》りに来た。女たちは髪を切り、顔に泥を塗ったりしていたが、色が白く、一きわ体格の豊かな雪錦がソ連兵の目にとまってしまった。

「銃を突きつけられて仕方なくクニ子（雪錦の本名）は立ちあがったそうです。抱いておった子供を知り合いの奥さんに渡して、ソ連兵に連れて行かれました」

語ってくれたのは、雪錦の夫、村上さんである。村上さんは現地召集で軍隊に入っていたので、雪錦の逃避行の模様は同じ開拓団の奥さんたちから、のちに聞かされたのだ。

「……連れて行かれるクニ子を見て、子供が母ちゃんと泣き声で呼んだのだそうです。そしたら……」

村上さんの目から涙があふれ出た。

雪錦は突然、ソ連兵を突きとばした。ソ連兵は五人いたが、雪錦は素晴しい回転式の突っ張りで、アッという間に四人のソ連兵を突き倒した。しかし最後の一人が、自動小銃の引き金をひいた。銃弾が雪錦の体に撃ちこまれても、それでも雪錦は乱射するソ連兵に向かって、両手を交互に出しながら、倒れたというのだ。

「……黙ってソ連兵のいう通りにすれば、命を落とさずに帰ってこれたのかもしれませんのに」

しかし、私はソ連兵に向かって、素晴しい突っ張りを見せた雪錦の姿を、まぶたを熱くして思い浮かべるのだ。

「雪錦ィ！」

町の大テント小屋をゆるがす声援を、彼女は思い浮かべて、両手をソ連兵に向かって突き出していったのか――。

町に残った女相撲は若緑の他にもう一人いる。桃ヶ峰という女力士だ。

実は女相撲の本拠は山形県にある。興行元が二つあって、私はその一つの石山興行社を訪ねて行ったことがある。将棋の駒で有名な天童の近くの村であった。村の八幡神社には女相撲の大きな絵馬が奉納されているが、興行社は影も形もなくなっていた。

「昔は、奉納相撲で村の女たちも相撲取っていたんだ」

と老いた神主が話してくれた。祭の日の楽しみであったらしい。東北地方には、男の大相撲をみても判るとおり、体格の大きい人がいる。

「昔は、一きわ体の大きい女は、まんず嫁には行けなかったろうよ」

神主の言葉によると、そういう嫁に行けない〝どでかい女〟たちを集めて、女相撲のチームが組まれたわけだ。

「一種の救済運動だったわけですか」

「昔は、どでかい女は、そういうことだったんだ」

チームは山形出身だけでなく、新潟や、青森、秋田、さらに北海道出身者で固められた。男の大相撲も、同じような場所から、大ぜいの強い力士を輩出しているから、体の大きさは風土によるのかも知れない。

こうして集められた女相撲のチームは、日本はおろか、満洲、ハワイ、ブラジルまで出かけて行っているのだ。

古い邦字ハワイ新聞を見ると、女相撲一行の記事がある。写真も掲《の》っていて、驚いたことに女力士たちが肌ジュバンをつけずに、裸の胸を腕組みで隠して並んでいるのだ。どうやら海外では、サービスにこんな写真もとらせていたらしい。

さて、私の町に残った桃ヶ峰は青森の出身である。桃ヶ峰は相撲は弱かった。平幕の待遇で土俵にあがり、相撲に負けた上、肌ジュバンを破られる役柄である。肌ジュバンが破られて、胸があらわになりそうで、結局は危うく見えないで終わるのは、なかなかのサービスである。だから、弱くても人気力士の一人であった。

私の家の裏に、大工の五郎さんがいた。五郎、いや、町ではゴロやんで通っている腕ききの大工は、桃ヶ峰に熱中して、テント小屋では「桃ヶ峰ーッ！」と叫び続け、ついに結婚してしまうのだ。

桃ヶ峰は、結婚を申し込まれたのに驚いて、理由を聞いた。ゴロやんは、「惚れたというんじゃ、納得してもらえんかいね」とつぶやいた。

「納得はいきにくいです……」

桃ヶ峰も頑張って聞きかえす。

「……うちに、寝たきりのおふくろが居て、毎日五へんも六ぺんも厠《かわや》へ運んでいかにゃならん」

と、ゴロやんは済まなさそうに言った。

「ああ、判りました」

桃ヶ峰は明るい声を出した。

「私なら、力が強いから、おふくろさんを楽々かかえられるわけだね」

桃ヶ峰は、しごく納得をしてゴロやんの嫁さんになった。ゴロやんの寝たきりの母親は、厠へ行くこと五、六回どころではない。十回をはるかに越える回数だが、桃ヶ峰は少しも厭な顔をせず、シュウトメを軽々と抱えて厠へ通っていた。

ゴロやんが兵隊にとられて、広島の暁《あかつき》部隊に入った。陸軍の船舶部隊である。陸軍の船舶とは奇妙に聞こえるが、上陸用の船舶を扱っているので、大工の腕が買われたわけである。

広島は私の町の向い側にあたるので、桃ヶ峰は何度か面会に行っている。その広島に、原子爆弾が落ちた。ちょうど広島市内に入っていたゴロやんは、爆心地近くで戦死してしまった。遺体も判らない。

桃ヶ峰は、ゴロやんの遺体をさがしに、広島へ行った。無数の死体が散乱する地獄の廃墟を何日もうろついて、遺骨がわりに半分溶けた石塊をひろって、帰ってきた。

帰ってきて間もなく、桃ヶ峰の髪の毛が抜けはじめた。残留放射能にやられたのである。あの豊かだった体が、みるみる痩せ細っていく。

それでも、桃ヶ峰は義母を両腕にかかえて、厠へ運ぶのだ。

「もうええよ。もうええから……」

と義母は済まながるのだが、ひどい熱を出すようになっても桃ヶ峰は止めない。

「お母さんを、こうやって運ぶために、あの人はうちを嫁にもらってくれたんですから」

とうとう、翌年の桃の花がもうすぐ咲こうかという頃に、義母を抱えて厠へ行く途中で倒れた。

私の家のすぐ裏だったので、桃ヶ峰の倒れたところへ馳《か》けつけ、近所の人と一緒に家の中へ運んだ。桃ヶ峰は、痩せて嘘のように軽くなっていた。もう、息はしていないようだった。そ

れでも私は、彼女の耳元に口を寄せて、

「桃ヶ峰ーッ」

と、言ってやった。死んだゴロやんのかわりである。

〽お名残惜しゅうはござりまするが
ご当地もって　これっきり
またの逢う日はございません
相撲甚句は桃ヶ峰が一番上手だった。

「桃ヶ峰には、どんな女優がいますかねえ」

R氏は、女優の名前をあげていった。オペラ歌手の名もあった。

「みんな、いい女優さんや、いいキャラクターなんだけれど、果たして出演してくれるのかねえ」

「一生懸命、くどいてみますよ」

どうも私は、檀ふみさんの一件があってから弱気になっている。

「早坂さん、ちゃんとジュバンをつけて相撲を取ると、説明しましたか」

「もちろんです。……フンドシ姿が厭だというんですね」

「大丈夫です。この若緑さんの写真をみせましょう。宝塚の男役みたいにカッコいいじゃありませんか」

浴衣に大銀杏の若緑は、たしかに恰好もきまって、粋なもんである。

ただ単に肥満したり、単に大柄だけで、私たちの女相撲のキャスティングをしたくないのだ。美しい女優さんたちに女力士になってもらいたい。

「それにしても、近頃の女優さんは、みな腕が細いんですよ」

以前に、小川真由美さんなら、大柄で美人で、女相撲に乗ってくれるに違いないと話をしてみると、

「女相撲？……いいわよ、あたし」

と承諾してくれた。その時は春が浅い日で彼女の白く豊かな肉体はコートの下にかくれていた。次の打ち合わせの時は、もう春はらんまんの時期で、彼女はコートを捨てて、腕も二の腕まで露《あら》わにしている。

「あッ……」

私は小さく声を出したかも知れない。彼女の腕は、ほっそりと、むしろ弱々しげに白い光を放っている。

でも、私たちはなんとかして、今年の夏には、テレビに女相撲を登場させたいのである。どなたか、力強い腕を持った美しい女性を、ご存知じゃありませんか。

ホマエダ英五郎

ホマエの話で恐縮である。

しかし、郷里を出てから何十年となるが、どこへ行ってもホマエと言って通じたことがない。帆前船のことではない。お前の間違いでもない。ホマエだ。通じないのは当り前で、これは隠語である。タネを明かせば、なァんだと笑われる。五十音のホの字の前という意味で、つまりへ（屁）のことである。

私の郷里は四国松山に近い、小さな港町だが、そこでは屁のことをホマエと言った。

女優の小川真由美さんは「ホ、ホ、ホ。さァすが俳句の本場、ユーガ（優雅）ね」とほめてくれたのに、映画監督の浦山桐郎は「ケッ！　まわりくどい。どうも瀬戸内はなまぬるゥてイカーン」と言った。なに、あいつだって播州・瀬戸内の生まれである。

実は、汽車に乗って三十分、松山に行くと、ホマエはもう通じない。私の町でも今は恐らく通じない。しかし、昔、私の小さい頃はちゃんと通じたのである。昭和の十年代の頃だ。

私の生家の裏に、大工のゴロやんがいた。ゴロやんは本名安田五郎であるが、自らホマエを名前にとり入れ、ホマエダ・エイゴローと名乗っていた。大前田英五郎である。

ホマエダと名乗るだけあって、ゴロやんのホマエは実に見事だった。

「おい、坊ン。耳、ひっぱってみぃ」ひっぱると、ピイ。

「もっと強う」そうすると、ピィーッ。

「鼻の先、押してみぃ」……プー。

「もっと強う」……プィーッ！

「アゴの先、引っぱれ」……プー。

「ねじれ」……プハッ！

「はじいてみぃ」……プイーン。

こんな工合だから、私たち子供は思いつくと、ゴロやんの仕事場まで出かけ、足場の上で仕事しているゴロやんを見上げて待っていたりした。

「今日は調子好うないぞ」とか、勿体をつけているが、しばらくすると、エッヘッヘと足場から下りてきて「さァて、やってみるか」と、顔を突き出してくれ、私たちはゴロやんの妙技に溜息をつくのだ。

ゴロやんは三十を越しているのに、独り者だった。女房がいたのだが、別れたのだそうだ。

ゴロやんのホマエのせいで実家へ帰ってしまったという。「尻に帆かけて帰ってしもうた」

と大人たちは笑っているが、私たち子供は、ホマエが気に入らなくて帰ってしまったオバさんの気が知れなかった。退屈しなくてよかろうに――。

ところが大人たちは「ゴロやんはあの時もホマエをやる」と卑猥な笑いをあげた。あの時の意味が五つ、六つの子供には判らない。後年、その意味が判って、なるほどと思ったが、しかし矢張り、退屈しなくてよかろうにと私の意見は変わらない。

第一、ゴロやんのホマエは、ただのホマエではない。ホマエ全国大会に出場したホマエである。

さて、ここで大ていの人は、私の話にそっぽむいてしまうのだ。ホマエの全国大会など聞いたことがない、ホマエは阿呆か。――しかしゴロやんは確かにホマエの全国大会のことを情熱こめて喋り、しかも出かけて行ったのだ。

ゴロやんによると、三年に一度、秋十月に広島市に全国のホマエ自慢が集って、その技を競う。イソゲン（だったと思う）という、海の見える料亭を借りきり、三日にわたって奮闘する。

競技は自由な発声（といった）は許されない。

七段階にわかれた課題曲（ゴロやんは、それをフリといった）を次々とこなしていくのである。残念ながら、七段階のすべてを忘れてしまったが、そのいくつかを紹介したい。

ジホーというのがある。

プッ、プッ、プッ、プッ、ボワーッ――つまり時報である。

ハシゴがある。あの梯子を、音で正確に表現する。

プーッ…プーッ。これは長い二本の木だ。プッ、プッ、プッ……これは横木。十二本ときまっている。そしてピッ、ピッ、ピッ。これは横木を留めているクサビだ。左右にあるから計二十四本。

実際にゴロやんは、やってみせてくれるので私たちは感嘆してしまう。

大方の参加者は五段階あたりで脱落してしまう。最後の一番むつかしいヒョータンになると、三名か、四名しか残っていない。

ヒョータン——これがホマエ競技のウルトラC課題曲である。ゴロやんの口調でいうと、こんなアテフリのむつかしいもんはない。何がむつかしいといって、あのヒョータンのふくらみや、ツヤをホマエの音であらわさなきゃいけない。

音でヒョータンを表現する。私たちには想像もつかない。ゴロやんは、それを声でやってみせた。

さあ、ここで私は文字がまことに不自由なことに気がついた。なんとも字ではその感じを伝えられないのだ。でも書いてみる。

プー、パァオ、アーオ。

情けない。なんの感じも伝わらない。

プーは短い。ヒョータンの注ぎ口の円筒をあらわしている。パァオ、これは上のふくらみ、続いて大きくアーオ、下の大きなふくらみだ。この、パァオアーオが、ふっくらとツヤをおびた音色である。

ヒョータンはこれで終わらない。房のついたヒモがついている。

ピー、ピリピリピリ（これが房）…ポン！

最後のポン！　は、ヒョータンの栓である。

まとめると、プーパァオアーオ、ピーピリピリピリポン！　である。

「むつかしいでェ。ヒョータンのふくらみとツヤが出てきよらん」

「してみせて」と私たちがねだると、

「バカ、平素にこれがでけたら、永久名人じゃ」

私が九つの年、昭和十三年秋に、ゴロやんは全国大会に出かけて行った。広島は瀬戸内海をはさんで真向いなので船で行く。私たちは港まで見送りに行った。ゴロやんのそばにはレコード屋の清さんがいた。

「清さんは介添人じゃ」

たとえホマエであれ全国大会に出かけるというのに、見送りは私たち近所の子供が数人だけであった。しかし、ゴロやんはうれしそうに、「ほな、折角来てくれたけん、バンザイでもしてくれるけ」と言った。私たちは出ていく船に、バンザイを三唱した。

四日目にゴロやんは帰ってきた。

「ええとこまで行ったけどな……やっぱり名人にはかなわん」と口数が少ない。レコード屋の清さんに聞くと、たしかにゴロやんは最終戦まで残ったのだ。パァオアーオのツヤといい、ふくらみといいまことに良かったのに、残念、最後のポン！　が出なかった。ふくらみを工夫するあまり、ホマエを使い切ってしまったのである。

しかし大したものだ、最終戦まで勝ち残ったのだ。家に帰って母に話すと笑うだけである。父に話すと「ええ加減な話をして。あの二人は広島へ遊びに行っただけじゃ」とニベもない。

だが私はゴロやんの話を信用した。

「今度、一しょに連れてって」

「ああ。あの会場のイソゲンは眺めもええし、料理もええぜ」

私は大いに期待していたが、次の大会は昭和十六年、戦争で中止になった。

ゴロやんも昭和十八年に戦争に出かけていった。

私も、海軍兵学校へ入った。入るなり、その年の八月、戦争は終わった。山口の防府に疎開していた私たちは復員列車で故郷に向かった。夜中に列車が停った。見ると、一面の廃墟である。広島だという。原爆がおちて二週間程のちのことだ。ポッ、ポッと青白く燃えているものがある。目をこらすと、数百、数千の青白い火が見わたす限りの瓦礫の陰で燃えている。――死者の燐が燃えているのだった。

とうとう戦前の広島を見ることはなかった。料亭イソゲンも消滅してしまった。肝心のゴロやんは戦死して帰ってこない。ゴロやんは船舶の暁部隊にいて、原爆《ピカドン》のおちた朝、丁度、広島市内にいたのだという。遺体も見つからなかった。ホマエ全国大会のあった広島で息を引きとったのだ。

「ホマエはなあ、きたないものやないぜ。人間の身体《からだ》が作るもんやけんね」

そういっていたゴロやんは、人間の脳味噌がつくりだした最悪のホマエに殺されてしまった。

ピカドン

それは本当に恐しい眺めだった。肌も心も粟立ち、凍りつき、たぶんボクの足はガクガクと震えていたにちがいない。

ボクと、数百人の仲間たちは、そぼ降る雨の夏の夜に、広島駅のプラットフォームに立ちつくしていた。誰も声を発しない。

「なんだ、これは……」

やっと嗄《か》れた声があった。

「燐《りん》だ……。死体の燐だ」

誰かがやっと応じている。

昭和二十年八月二十三日の夜、何千、何万という死体から、暗く青い燐光が燃えていた。

原子爆弾が落ちたのは八月六月の朝。あれから十七日もたっているというのに、十数万人の遺体は懸命の収容、焼却にもかかわらず、まだ恐るべき廃墟のなかに数万人を残して放置されていたにちがいない。

だから、数万という燐光が燃えていたのだ。

列車が広島に着くずっと手前から、異様な臭いがボクたちの鼻腔に漂い、近づくにつれて耐えがたいほどの臭いが列車内に充満した。あれは数万の死者の、真夏による腐臭であったんだ。

「ええ。あたし達はその燐光が作業の助けになりましたねぇ」

声帯模写の江戸家猫八さんは、あの燐光のことをよく覚えている。猫八さんは陸軍船舶部隊の兵士として、広島郊外の宇品港に駐屯していた。爆風で兵舎がふき倒されたが、救援のため直ちに広島市内へ入り、負傷者を救け出し、それからの毎日は遺体の収容につとめた。

「夜になって燐が燃えますとね、ああ、あそこに遺体があったんだ……。あした、掘り出してあげますからね」

と、猫八さんは手をあわせたというのだ。

猫八さんたちの遺体掘り出しの作業は、戦争が終った八月十五日以後も続けられ、救出隊の多くの人たちが、放射能をしたたかに浴びて、亡くなったり、耐えがたい障害を長く体に刻んでしまった。

あるいは、猫八さんたちの手で、ボクの妹は焼けこげた肉体を収容してもらい、井桁《いげた》に組んだ木に組みこまれ、油をかけられて焼却されたのかもしれない。

妹の春子は、海軍兵学校の防府分校にいるボクに面会するため、八月五日に広島に向った。ボクの郷里は広島とは瀬戸内海をはさんで向い合う形の北条という町である。三百トンあまりの定期船が、毎日広島の宇品港へ出ていた。

春子が宇品港についたのは午後三時すぎだから、市電に乗って広島駅についたのは、たぶん四時ぐらいにちがいない。広島から防府までは、そのころの列車でも二時間とはかからない。

しかし、敗戦直前の日本の鉄道は空襲で寸断され、車輛も激減していたから、その日の列車に乗ることができなかったのだろう。

十三歳の女学生だった春子は、野宿することをためらって、宿をとった……。広島駅で野宿するか、駅ちかくの宿なら、爆心地より一キロ離れているから、身許も分らないほどに爆死することはなかったろうに、彼女はたぶん、広島市の中心街に宿をとったのだ。紙屋町か、八丁堀あたりか……。そこは爆心地から数百メートルと離れていないのだ。

八月六日の朝、春子は広島駅に向かった……。歩いてか、いや、たぶん市電に乗ってだろう。その時、数百メートル真上の空に、太陽をあざむく光がピカと走ると、何千度の熱線と、衝撃的な爆風がドンと広島市を貫いた。

数年前に広島市は、被爆して、幸い生き残った市民たちに、あの時の広島を絵に描いてもらった。思い出したくもない、あの時の広島を、数百人の被爆者たちが、うめくような思いで描いている。この絵は、素人の絵筆によるものだが、すさまじい迫真力で、あの時の広島を証言しているのだ。

広島にはいわゆる原爆絵画というものが展示されている。それはそれで、原爆のものすごさを表現しているが、なんといっても被爆者自身が、その目で、その肉体で感じたあの時の光景は、リアリティにおいてはくらべものにならない。

プロの画家たちは、余分なものは捨てて描くが、素人の被爆者たちは、見たものすべて、聞いたものすべて、感じたものすべてを描きこむ。聞いたものは絵にならないから、字で書いている。つまり、絵にならないものまで、書きこんでいるのだ。

例えば、「誰がつないだのか、電信柱につないでいる」とあって、牛が一頭、電信柱につながれており、すぐ近くに迫る劫火を描いている。火を見て、あばれてはいけないと考えた人が電信柱につないだのだろうが、迫る火は逃げられない牛を焼きころすにちがいない。

牛どころではない。その周辺を、頭皮も、体の皮膚もはがれおち、目玉がとび出してたれ下がっている人たちが、幽鬼のごとく歩いている。

背中に赤ン坊をしばりつけた若い母親は、着物は焼けおち、裸だ。その裸は皮がむけ、血だらけ。背中の赤ン坊が頭が飛んだようになって死んでいるのも気がついていない。

市電の絵があった。市電が骨だけになり、中の乗客たちが、木炭のように焼けて倒れている。いや、つり皮にぶらさがった恰好のまま、完全に炭化している。

……春子も市電のなかで、あのようになってしまったのだろうか。あれでは、身分証明書を持っていても、名前の布を胸に縫いつけていても、役に立ちはしない。

春子は、八月五日に広島に向けて出発したまま帰ってこなかった。母は捜しに行って空しく帰ってきた。十数万人の遺体のなかから、春子を捜し出すことは不可能である。

春子は、ボクの妹として成長したが、実は彼女は捨て子だ。遍路みちに面したボクの家は、昔から捨て子の多い家だった。おぼえているだけで、三人の捨て子がいる。子供をかかえて歩

く お遍路さんが、思い余って繁昌している商家の軒下に、子供を置いていくのである。たいていは、数ヵ月後か、翌年かに子供を引きとりにくることが多かった。春子も、きっと親が引きとりにくるだろうと、家で育てて待っていたのである。ところが、春子の親は四国のどこかで行き倒れてしまったのだろうか、ついに姿をあらわさず、春子はわが家で大きくなった。春に置いていったので、かりに春子と名づけたのだが、そのままの名前で学校へも行き、女学校まですすんだ。大柄で、色の抜けるように白い少女だった。
どうしてもボクに会って話したいことがあると家を出て、春子は広島で死んだ。

大正屋呉服店

「やあ、ボクと同《おな》い年なんだ……」

思わず声を出してしまった。

ボクが生まれた昭和四年の三月、広島市で一番の繁華街である中島町に、三階建てのモダンな大正屋呉服店が生まれている。

一階はアーチ窓がつけられて、昭和初期には珍らしいモダン設計の鉄筋コンクリートの建物は、いってみれば東京銀座の服部時計店みたいなものだったろう。

先ごろ、広島市で開かれた〝レストハウス保存運動〟のシンポジウムに招かれて参加したのだが、そのレストハウスが大正屋呉服店であったのだ。

いま、レストハウスは平和記念公園の一隅に、ちょうど原爆ドームと元安川をはさんで斜めに向い合う形で建っている。

今は市の施設となって、平和記念公園を訪れた人たちが、ちょっと一休みする場所になっていて、すぐにはそれが大正屋呉服店の生き残った建物であるとは分からない。

そうでなくても、いま原爆ドームや、原爆資料館を訪れる人たちは、原子爆弾はこんな広い公園のあたりに投下されたものと錯覚している。

とんでもない。原子爆弾第一号は、いくつも映画館があり、もっとも買いもの客たちが集まる繁華街の真上に炸裂したのだ。

原爆ドームは世界文化遺産の一つに指定されているが、あのドームは産業奨励館のもので、そこには庶民の生活の匂いはない。

戦後、二千回以上原爆実験が繰りかえされてきたけれど、どうしても出来ない実験が、ただ一つだけある。

船や建物、そして牛や馬、山羊などの動物もおいて、実験は繰りかえされたし、あげくは自分の国の軍隊を、放射能の情報を与えないで、爆発後すぐに爆心地に向って行進させている。おかげで、米ソともに原爆病になった兵士たちが続出、数十年たってから補償を訴え出たりしているのだ。

そうまでして、実験データを集めたけれど、どうしても試みることができなかった実験とは、〝原爆を生きた町に落したら、どうなるか〟という実験だった。

いや、その実験は五十一年前に日本で二度行っているのだ。一九四五年の夏、数十万人の普通の人が暮している広島市と長崎市に種類のちがう原爆を投下した。

ことに広島市は、投下が理想的に成功し、原爆のもつ威力が一〇〇パーセント発揮できたといっていい。

ことし、ハーグの国際司法裁判所は、一つの歴史的な判決を下した。

「核爆弾は非人道的な武器であって、その使用は許されないものである」

非人道的武器とは何か。なにより非戦闘員を無差別に殺傷する武器と規定している。

広島に投下された原子爆弾が、なにより非人道的であったことを、それが何十万人の庶民が生きている街の真上に落されたという事実をアピールしなければならない。

にもかかわらず、広島の爆心地には人間が暮していなかった施設のドームと、広大な美しい公園が残されている。

ちがうんだ。今でこそ目立たないレストハウスになっているが、大正屋呉服店を中心に広がった一番の繁華街中島町には、二千六百世帯の九千人、そして建物を強制疎開させるために集まった人たち千人、さらに九つの中学校、高等女学校の一、二年生二千人がいたのだ。軍人や戦闘員はごく一握《ひとにぎ》り、大半は女、子供、年寄りたちの街の真上に、原子爆弾が炸裂した。――もちろん、中島町は跡形もなく消滅、そこにいた一万人の庶民も、大半瞬時に死亡、生き残った人びとも十年、二十年の歳月のなかで消えていった。

原爆ドームよりも、生きた街に、普通の人たちが暮していた町に、原爆が落ちたという証拠を残さなくてはいけない。

元大正屋呉服店は、呉服店にしては珍らしく本格的な鉄筋コンクリートづくりであったために、産業奨励館と共に、元安川をはさむ形で生き残ったのだ。

この大正屋呉服店を残さなくて、原爆が人道に反する爆弾だという〝証言者〟は他にあるだろうかと思う。

広島市はレストハウスを取り壊してしまう計画を発表した。「手を加えて原型をとどめていない」、「景観の邪魔になる」、「被爆の実相を伝えていない」――などが取り壊しの理由らしい。

レストハウスは、大正屋呉服店の姿にもどすべきだ。被爆の実相は別のものが伝えてくれる。

なにより大正屋呉服店に姿をもどして、普通の庶民が暮し、また集まっていた場所に、原爆が落されたという証言者になるべきである。

レストハウスは、原ばくにあった人たちのふる里です。

現在の中島小学校四年生が書いた市長への手紙である。

このレストハウスは、原ばくのおそろしさを知ってほしいので、のこっているたて物じゃないんですか。中島地区に一つしかのこっていないたて物です。約五十年ここまで生きたたて物です。どうかこわさないでください。中島小四年一組は、とてもかなしみます。原子ばくだんにまけず生きてきました。こわしたらレストハウスもかなしみ、私たちもかなしみます。

また別の生徒は書いている。

あの原子ばくだんのい（威）力にまけず、生きのこったたて物です。……あのばくだんで家ぞくが亡くなった人にとっては思い出があります。あれをこわすと、想い出が消えるかもしれません。

悲しいことに、人は具体的な形で残さないと、どんなことも忘却してしまう。ことに原子爆弾の唯一の〝生きた実験〟となった街の〝生存物〟は懸命に残さなくてはいけない。

あの、原爆の父ともいわれたオッペンハイマー博士が、原爆投下二ヵ月後に原爆研究の責任者の地位を辞め、五百人の科学者を前にした悔恨こもるスピーチを思い出してほしい。

（核兵器は）従来兵器にほんの少し改良を加えたという種類のものではない。必然的に人間社会のあり方を変えるものである。……私は第一に核兵器は人類すべてに関わる〝危機〟なのだという共通の認識が必要だと考える。

核兵器は、自殺を覚悟しない限り相手の存在を抹殺できない二匹のサソリに似ているとも、オッペンハイマー博士は言った。

広島市長さん、恐しい人類抹殺の〝サソリ〟の痕跡を消して、どうするんです。

たった五十年で、人間はどんどん核の恐しさを忘れているじゃないか。

第6章

故郷、へんろ道

大正時代の故郷・北条の町。
奥に見える三階建ての建物が生家の「富屋勧商場」。

壺中の町

父が死んだ。

母の時と同様、親不孝の私は臨終に間に合わず、一日遅れて田舎の実家に帰った。枕元に俳句が置いてある。

〝壺中君へ〟とあって、

おゝみ（君）が好きな花野で待てやわしも行く

父の友人で九十三歳の老人が届けてきたものだ。

私の田舎は松山の近くで昔から俳句が盛んであった。父も若い時にすすめられて俳句の寄り合いに連れて行かれた。その時の季題が〝こがらし〟であった。父は見よう見真似で一句をものにした。

こがらしや富屋の店の壺の中

父は〝木枯らし〟を食べものの〝こがらし漬け〟と勘違いしたのである。〝小辛《こがら》し漬け〟なら富屋百貨店の壺の中にあるではないか。そして富屋は父の家のことである。以後、父は壺中《こちゅう》と号することになった。

商売がよほど性に合わなかったとみえ、父は四十歳で富屋の店をしめ、さっさと若隠居してしまった。私は小学校で父の職業を記入する時、いつも気恥ずかしい思いをした。無職、なのである。

中学生になって、父の職業を発見した私は、職業欄に〝劇場主〟と書くことにした。父が持っている家作の中に、大正座があった。町に唯一つの芝居小屋で、その名の通り大正時代に建てたものである。小さいながらも花道があり、見物席の一番後ろには警官の臨見席もあった。もちろん父は興行は出来ないので、興行一切は桝屋というオヤジさんが仕切っていた。

そんなわけで私は〝小屋元《もと》〟と名のればタダで入れ、しかも右手の一段高い桝席が小屋元席として確保されているのである。私は毎日でも大正座に通いたいのだが、父はなかなか厳しくて、許可がおりるのは月に一度ぐらいであった。

桝屋のオヤジさんは月に一度大福帳を手に家にやってくる。座敷で父に出しものやら客の入りなどを報告している。旅まわりの芝居が三分、映画が七分の割りの興行である。小さな町の小屋だから名のある役者がくるわけはない。もじり名が多く、市川団士郎一座といったたぐいである。

わが大正座に来演したなかで一番名のあるのは、アチャコと高田浩吉で、これは戦後の、一番食糧事情の悪かったころで、銀飯つきというのでおびきよせたのである。

戦争が終わった八月は、さすがに大正座は興行をやめた。旅まわりの一座もやってこず、かけるべき映画もはばかられるものばかりである。戦後第一番に大正座が開いたのは芝居でもなく、映画でもなかった。

わが町に〝院長〟とよばれる人物がいる。靴屋さんである。金井靴病院と看板をかかげ、長屋の一隅で靴をなおしている。昔、呉の工場で働いていたが、労働争議で追われて、わが町で靴病院を開業するかたわら、戦時中といえども、天皇制を批判、戦争をけなし、町一番の思想的危険人物とされていた。私が海軍兵学校に合格し、入校の前日、靴に鋲を打ちに行ったところ、院長はこう言った。

「坊や、死ぬ時に、間違っても天皇陛下バンザイと言ってはいけん。会うたこともない人の名を、死ぬ時に口にしちゃいけんよ」

私は、もし死ぬ時には天皇陛下バンザイと叫ぶつもりでいたので、困った顔をした。

「ホウジョウバンザイとでも言ったらええ」

ホウジョウは私の町の名である。

「もっとも、わしはホウジョウはあまり好きじゃないけどな」

院長はわが町では不遇であった。

その院長が父のところへやってきて、大正座を一晩かしてくれというのである。

「院長、なにをする気ぞな」

「演説会をやります」

大正座の戦後第一番の興行は、院長の演説会であった、題名は『民本主義について』。

私は父と一緒に大正座へ行くと、四、五十人の観客が集まっていた。院長は、演台に目覚し時計をおいて、第一声をあげた。

「民本主義とは何か。それは人民の日本、ということである!」

なかにはメモをとっている人もいた。院長の生涯で最も輝ける日であったようだ。

大正座で大入りの記録は昭和二十三年に樹立されている。二日間、超満員、二階席から一人おちて、ケガ人が三名出た。落ちた本人と、下にいた二名とがケガをしたのである。

この出しものも、映画でもなく芝居でもない。名もない歌謡ショウである。

「歌謡ショウなら、問題なかろうがね」

枡屋のオヤジさんが、相談に来ている。

「それが普通の歌謡ショウじゃないもんで……。おしまいのほうで、オナゴがちょいと裸になります」

「オナゴが裸に……」

父は当時、町の公安委員長をしていた。無職で何の公職にもついていなかったせいで、戦後、ひっぱり出されたのである。

「チョイトだけかな?」

「そらもう、チョイトだけです」

「ほんとに、チョイトだけぞな」

特にストリップとも宣伝しなかったのに、大正座は早々と客がつめかけた。客はとても座っておれないので総員が立ち見となった。私も、家には黙って大正座へかけつけた。汗まみれで最後のステージを待つうち、ひょいと見ると、向うのほうに、父がいる。人にもまれながら、真面目くさった表情で舞台を見つめていた。

最後のステージになって、顔色の悪い女が出てきた。着物を着ている。無表情に帯をといて、やおら、前をひろげた。その瞬間、ライトが消えた。あっという間もない。わずかに残像として、女の、貧弱な胸が見えている。それだけのことである。

人にもまれながら外に出た。父と一緒になった。

「お前も来とったんか」

「うん」

「見えたか?」

「うん、ちょっとだけ」

「いや、ちょっとだけも見えんかったぞナモシ」

父は満足げに、うなずいた。公安委員長の顔になっている。

興行は三日の予定だったが、二日目にケガ人が出て、打ちきりになった。

昭和三十年代に入ると、大半は映画となった。ストリップほどではないが客はよく入った。あまり入るので、同業者が出た。酒倉を改築した北条劇場、車庫を改装した風早劇場、せまい町に三軒の映画館が出来たのである。朝早くから宣伝カーをくりだし、三本立て十円の過当競争となった。

桝屋のオヤジさんは、家に来ては、これではやっていけんと、父に泣きごとをいうことが多くなった。小屋代を払うどころか、人件費も出せないというのだ。父が仲に立って、三者会談が行なわれた。

「三本立て十円はやめる。宣伝カーは自粛する」等々協定はむすばれたが、すぐに破られ、町は朝早くから三館の宣伝カーの騒音の中にたたきこまれる。

相手がつぶれるのを待つ地獄の競争となった。客は三本立て十円なので三館をはしごで、つまみ食いし見て歩いている。

とうとう三館ともつぶれてしまった。

一軒はパチンコ屋に、一軒は銭湯に、そして大正座は、駐車場になってしまった。

劇場のない町は、色気のない女と似て、ひどくつまらない。

「あれは、なんとしても残しておきたかったのぅ」

元劇場主となった父は、晩年口ぐせのように言っていたが、大正時代の木造建築は、消防法違反のモデルみたいなものになって、改築には大へんな金が必要だった。父にはそんな金はなかった。

劇場もなく、そして父もいなくなった町を歩くと、なにか吊革のないバスにゆられているようで、つかまりようもなく、ひどく心もとない風景なのである。

ボクが東京へ出てきて、一番はじめに笑われた言葉は、

「行って帰ります」

だった。

渋谷の下宿を出かけるときに、つい警戒心もなく口にしてしまった。

田舎《いなか》から東京へ出てきた人間は、大いに言葉使いに気を使うのだ。ヘンなこと言って笑われないか、訛って笑われないかと、宮澤賢治さんが東北の花巻から東京に出てきたとき、とても無口になったように、ボクも大いに無口になった。上野の図書館に行くにも、新宿の映画館に出かけるにも、できるだけ目で捜して行く。

ひとこと誰かに訊けばいいものを、なんとなく田舎の訛りがでるのが気恥ずかしくて、ずいぶん余計な廻り道をしてしまう。——地方から出てきた人間は、東京という大都会に気圧されている。

なのに、下宿を出かけるときに、うっかりと、

「行って帰ります」

と言ってしまった。玄関にいた下宿のおばさんは、「アハハ、おもしろい」と笑った。

「なんか、おかしな（ここも訛っている）こと言いましたか」

「行って帰ります、だって……。行って来ますでしょ」

「はあ……。また帰ってくるわけですから、〝行って帰ります〟と言ったんですけど」

四国の松山あたりでは、出かけるときは〝行って帰ります〟だ。

「東京じゃ、言わないんですか」

「言いませんよ、アハハ」

まだ下宿のおばさんは笑っている。

その下宿のおばさんに連れられて、銀座に出た。四丁目の〝更科《さらしな》〟そばに入った。

「なんにする?」

「そば、屋さんですか……」

そのころ四国は、うどんばかりで、そばは売ってなかった。

「ざる、にしなさいな」

「ざる!?……」

聞いたことがない……。

「ほら、あのような」

おばさんは、隣の席を指さした。四角い木枠《わく》に青いそばが山盛りになっている。

「あ、あんなに食べられません!……もっと少ないのが、いいです」

「大丈夫よ」

で、ざるそばがボクの前に来た。よく見ると、山盛りは山盛りだが、木枠の底から盛りあげているのではない。上に竹簀子《すのこ》をおいて、そこに盛りあげているのだ。

「あ、底からじゃないんですか」

「アハハ、当り前じゃない」

東京の年配の女性が、アハハと笑うのにも驚いた。——昭和二十七年ごろの話である。

「東京へ行って驚くのは納豆だぞ」とは聞いていたが、初見《しょけん》の納豆は、なんの顔見知りもせず、ボクはむしろ喜んで胃の中へ入れた。

ボクが東京へ出て驚いたのは、ざるそばの上《あ》げ底と、お遍路が歩いてないこと、年配の女性がアハハと笑うこと、そして〝行って帰ります〟が笑われたことだった。

東京へ来てから四十年あまりになる。もう訛りなど気にせず、楽な発音の関西ふうで喋っているが、〝行って帰ります〟だけは使わないままだ。

「いいねえ、その言葉！　オレ、使っちゃお」

と言ってくれたのは、東京生まれで東京育ちの渥美清だった。

「ねッ、そうだろ。また帰ってくるんだから、行って帰りますって言ってるのに、東京のひとは笑ったんだ」

「いや、暁《ぎょう》さん、オレ笑わないよ。笑わないどころか、ドンドン使っちゃうから」

それはちょうど、彼がボクの郷里の町に来ているときだった。鹿島という沖合いにある島に何日も泊まって、魚を釣ったり、俳句をこねてみたり、二人ともまことにのんびりとした時間を持った。

魚釣りといっても、泊まっている宿の窓から釣糸をたれると、もう勝手に魚が喰いついてくれる。「アハハ」と糸をまきあげると、ちょうど来ていた僕の嫂《あによめ》さんの前に「おかあさん、おかあさん」と出す。嫂さんが魚を釣糸からはずして、また餌をつけてあげると「ヨイショ」とまた釣針を海にたらすという〝殿様《とのさま》釣り〟である。

「ヌルヌルしてさァ、そんで目が合っちまうと、ヤじゃない。魚って真ン丸で、目をつむらないんだもんね」

と東京生まれで東京育ちは言う。

俳句の真似ごととは、その島の裏にボクの父親の句碑があったからだ。

夕焼けに輝く波や伊予二見

三重の二見浦もどきの岩があって、シメ縄まで張って伊予二見と称している。そこにいつも、瀬戸内海自慢の夕日が沈むのである。

「へえー、これ暁さんのお父さんの句碑。たしか壺中と言ったそうだけど、どこにも刻んでないじゃない」

「なんか、あんまり見たまんまの句で恥ずかしいというんで、無署名となったらしい」

「ほんとだねえ。見たまんま、それっきりで、アハハ、暁さんのお父さんは正直者なんだ」

まったく、ボクの父親は正直が着物を着て歩いているような人で、冗談一つ言わなかった。

「じゃ、ボクたち嘘つきが、どんな俳句をつくるか、死んだオヤジさんにみせてやろうよ」

ボクと渥美清はオヤジの句碑の前で、天狗も驚かせる〝天狗俳句〟をつくってみせたものだ。

磯ぎんちゃく夕日のたびに射精して

流れ藻やゴッホのように耳がない

おばさんが海に入るぞそりゃ夕日

もう滅茶苦茶だ。

渥美清は東京に帰るとき、見送りに来ていたボクの嫂に、

「では、行って帰ります」

と大きな声で言って、手を振った。

それが最後で、もうわが町への訪問はなく、渥美清は暑い八月のはじめに死んでしまった。

――帰りますと言ったじゃないか、渥美ちゃん。

いま放送している『新・花へんろ』のなかに「行って帰ります」を登場させているし、渥美清の、たぶん最後の句であろう、

お遍路が一列に行く虹の中

も使っている。

〝風天〟の号をもった渥美清の句は、本当は島の裏でふざけて作った天狗俳句でなく、なかなか心にしみる句があるのだ。

花びらの出て又入るや鯉の口

団扇《うちわ》にてかるく袖打つ仲となり

赤とんぼじっとしたまま明日どうする
蛍消え髪の匂いのなかにいる
うつり香の浴衣まるめてそのままに

色っぽいのも、あるんだ。

瀬戸の海

十二、三年前のことだが、作家の野坂昭如を主演にした映画をつくろうと、監督の浦山桐郎や、シナリオ作家の石堂淑朗と私の四人で集まったことがある。
「なんだ、みんな瀬戸内海育ちじゃないか」

浦山が発見した。

そういえば、野坂が神戸、浦山が相生《あいおい》、石堂が尾道、そして私が松山である。それぞれ近畿、中国、四国と離れているようだが、ナニ瀬戸内海から見れば同じ海をかこむ岸辺なのだ。

「みんな同じ小魚を食べて大きくなったわけや」

瀬戸内海に大魚はいない。鯛にしろ、オコゼにしろ、ギゾにしろ、小さくて俊敏で肉は真っ白だ。潮の流れが急で、そこで生きている魚たちは身がひきしまっている。

四人とも東京へ出てきて一番に驚いたのは魚の大味なことだった。大きな魚の切り身はまるでバウムクウヘンのようになっていて、材木を食べるような気分になった。

で、同じ小魚ばかり食べていたのなら、四人とも骨や筋肉、ひょっとすると脳ミソの出来具合も似たようなもんだろうと大笑いになった。

「五十歳にもなったら」

と浦山が一つの提案をした。

四人でちょっとした船を買って、瀬戸内海を流して歩こうというのだ。島から島へと寄港しながら、おいしい魚と、おいしい酒を飲んで暮らすのだ。

「夕陽がたまらんぜ」

と、浦山はもう船上にいる気分になっている。瀬戸内海の「酔いどれ船」とは実に楽しいが、ずっと船を動かすには金がいるぞと、醒めた意見が出た。

「いや、大丈夫。瀬戸内海沿岸に、どれだけの女子大学、女子短期大学があるか、お前ら知っとるか」

石堂が体に似合わぬ緻密な計算をしてくれた。当時、瀬戸内海沿岸には女子大、女子短大がなんと五十二もあり、それらの学校へわれわれ四人を講師団として売り込むというのである。

野坂　日本現代文学論
浦山　日本映画論
石堂　シナリオ概論
早坂　放送原論

と、各自の担当する講座まで決めてくれた。私たちは大いに愉快になって、ますます酒を飲み、結局は映画作りも「黒メガネの遁走曲《ふーが》」と題名を作っただけで終わってしまった。

しかし、瀬戸内海を船で旅しながら暮らしたら、どんなに楽しいだろうかと、今でも石堂計画に心をひかれるのだ。ま、学校を女子大、女子短大にしぼったあたりを、品悪いと笑う向きもあるだろうが、正直いうと、花嫁修業まがいの女子大、女子短大なら、なんとか授業も誤魔化せるのではないかと、あの当時は思ったのである。

今になって、それがとんでもない間違いであったのに気づいた。女子学生のほうが、一生懸命勉強するのである。もし、石堂計画が実を結んでいたら、二日酔いの講師団はしばしば女子学生の鋭い質問にあって、立往生を繰り返していたにちがいない。

それにしても、浦山桐郎はもう居ない。心筋梗塞で死んでしまった。野坂も肝臓を悪くして節酒もしくは禁酒とか聞く。石堂は狭心症と痛風、私は心筋梗塞で心臓の半分がとまったままである。

それもこれも、みんなが瀬戸内海を離れたからのような気がしてならないのだ。陽の明るい海辺で、あの小魚たちを食べなくなって、こうなったのではないかしらん。

今年の春に、とうとう瀬戸内海を跨《また》ぐ橋が出来る。岡山から香川へ、島づたいの橋である。島づたいというより、島を橋ゲタにしているのである。

おととし、その橋ゲタの島の一つ、与島《よしま》に行ってみた。香川に一番近い島だ。島の中央には、小さな島を圧倒する、不釣合いに大きいコンクリートの橋脚が建設されていた。

「……橋が出来ると、便利になりますね」

いくぶん気の毒な気分を隠しながらそう言うと、

「今だって便利ですよ」

の返事がすぐにかえってきた。連絡船が一時間ごとに出ている。急ぎの時は、自分の船を出せばいい。

「急病人が出た時は、助かるのかなあ……」

と私がつぶやけば、

「なァに。海をひと飛ばししたほうが早いぐらいだ」

と、あっけない返事だ。第一、橋を渡るには通行料がべらぼうに高い。船のほうが十分の一ですむ。

考えてみれば、海は、少なくとも瀬戸の海は海全体が道なのである。瀬戸大橋ができて、そのうち淡路島ルートもつくだろう。尾道、今治ルートもついて、四国は本州とがっちり結ばれる、というのが橋を作る大義である。

さて、四国が本州と橋で結ばれるのが四国の悲願のように言われているが、私には判らない。与島の人の言い草ではないが、海をゆくほうがずっと便利なのだ。四国と本州を三つの橋でつなぐことは、四国と本州とのキズナが三つだけになることである。海全体が道だったのに、心細いばかりの、三本の細い道だけになってしまうのである。

明治二十八年、日清戦争の講和のために来日した李鴻章が、瀬戸内海に入ったとき、「日本にも大きな河があるじゃないですか」と言った話は有名だ。たしかに瀬戸内海は揚子江の河口あたりと変わらない。潮も河のように流れている。

しかし河とちがうのは夥《おびただ》しい島の数である。まるで巨大迷路のように島と島とが重なり合って、抜けられるかと思えば入江であったり、入江かと思えば海峡であったりする。

私の一番の望みは、瀬戸内海の入り組んだ島の、さらに入り組んだ入江の奥の、可愛らしい漁港の集落に住みたいことである。

そうでなくても海辺に育った私は、磯くさい匂いが好きなのである。そして、海辺の坂道にせせこましく密集した漁師町が好きである。まるで体をよせあうようにして、隣の家の日常語が聞こえてくる。

夕方に道を歩くと、よその家の夕餉《げ》がみな見える。どの家も窓を開け放って、まるで道に向かうようにして食べている。食卓の上のものは道から丸見えである。

「食べていかんかねえ……」

窓をまたぐようにして入れば、もう茶の間の人となる。

海に生きる者は、共同の仕事が多い。否応なく島じゅうが、隠しだての出来ない暮しになっている。ここが農民型とちがうところだ。農民の家で、道から夕餉の見えるところがあったら教えてほしい。食べながら、道ゆく人と喋っているところがあったら、これも教えてほしい。

私は、ある人はわずらわしいと嫌うかも知れないが、食卓をぜんぶ見せて、少しも屈託のない漁民の暮らしぶりが好きなのである。

農民は、不作だった時のことばかりを言うけれど、漁民は大漁だった時のことばかりを言っている。それだから漁民は農民にしてやられるというけれど、私は楽天的な漁民のほうが好きだ。

漁民というけれど、瀬戸内海はせいぜい焼玉エンジンが良く似合う海である。あの、眠くなるような焼玉エンジンの音、〝ポン、ポン、ポン、ポン、ポン〟と、それはもう波とは言えないような優しい波打際の音、〝ピチャ、ピチャ、ピチャ〟の二つの音が、私は瀬戸内海の音だと思っている。

しかし、この二つは、あるいは母の胎内で聴《き》いた音ではなかったか。きっと母の胎内の、羊水の中に漂っていた時、羊水にあのように優しく汀《なぎさ》の音をたて、母の心臓の鼓動は、まるで焼玉エンジンのように響いてきたんだろうと思ってしまう。

私が、瀬戸内の入り組んだ島の、さらに入り組んだ入江の奥に住みたいというのも、なんのことはない、母の胎内に還って、うつらうつらの揺籃《ゆりかご》でまどろみたいと希《こいねが》っているからだろう。

とはいうものの、瀬戸内に白砂の汀は減る一方で、興醒《きょうざ》めなコンクリート・ヒトデ（波消しブロック）が波打際を埋めている。あの、眠くなるような焼玉エンジンの音も、今はけたたましい高速エンジンの音にとって代わられている。

だが、まだまだ橋ゲタにならない島々の、入り組んだ入江の奥には、懐かしい母の胎内に似た漁村が残っている。

長い間、薄汚れた巨大な都市の一隅で暮らしてきた私は、すっかり身も心もパサパサのバウムクウヘンのようになって、鈍い動作と、鈍い眼の色の大魚《おおざかな》になりはててしまった。で、せめて胎内の入江に還って、もう一度、きびきびと鮮やかに身をひるがえしている小魚を眺めてみたいのである。

日本の〝心調〟

私は愛媛県の松山に近い遍路みちに、生まれ育った。

同じ町には俳人高浜虚子さんの育った家があり、その跡に、

道の辺に阿波の遍路の墓あはれ

の俳句碑がたてられている。

私の家の前は、年中白い衣装のお遍路さんが西から東へ、少数だが東から西へと歩いていた。西から東へは、順路打ちで、東から西へと向かうのは逆打ち遍路だ。逆打ち遍路とは、むつかしい〝願《がん》〟を持った、お遍路さんたちである。

たとえば、体の不自由な遍路は、あるいは這うように、あるいは杖で道をさぐりながら歩く。そしていずれも私の家の前の遍路石のところで休む。

『松山四里　金毘羅三十二里』

と石に刻まれてある。

逆打ちの遍路が一番行き倒れとなることが多く、虚子の句にあるように、そこに墓がつくられる。

なぜ郷里に知らせて遺体をひきとらせないのか——。たとえば〝阿波〟の人らしいと分かっていても、それ以上の身もとは明らかでないことが多い。

ありていに言えば、家から、村から放逐された人が多かったのだ。

四国のお遍路さんの数は、どこにも累計されていない。空海が四国に遍路札所をつくってから千年の歴史があるが、たぶん何千万人、何億人の日本人が歩いたろうと思う。

なぜ、人びとは四国遍路するのか。

大きく言って、病気を治したい人、親や子ども、つれあいの供養をする人、家族の幸せを念じる人、などが大多数である。

いや、人には言えない悩みを抱いて歩く人がいることは、私も知っている。

十数年前、家庭内暴力で手のつけられない一人息子を絞殺、そのうえ、妻に〝なんで私の子を殺したか〟となじられ、あとおい自殺をされてしまった父親は、異例の執行猶予の身を、白衣に包んで、黙黙と四国を遍路している。――実は、妻とわが子が肉体関係を持っていたことを知り、罪の深さ、やりきれなさ、救いのなさを抱えて、四国を歩いていた。

愛に苦しんで歩く女性も、少数ながら、ある。大正期に二十三歳の高群逸枝さんは、愛の問題に苦しみ、一人で四国を遍路した。高群逸枝さんとはのちに、日本女性史を研究した大学者だが、そのいきさつは『娘巡礼記』に詳しい。

いってみれば、何億、何十億の日本人の悩みや、願いが四国の遍路みちに充ちていると考えていい。

私は、四国の遍路みちに佇んでおれば、日本の〝体調〟ならびに〝心調〟が分かると思っているのだ。

四国遍路みちは、日本列島の〝脈〟だとも思う。

昭和十九年、といえば、太平洋戦争も末期のころである。遍路みちに、お遍路さんの姿が消えたのだ。

私の郷里に近い五十二番太山寺の参道にある遍路宿で、古い宿帳を見せてもらったことがある。

「このころは、ほとんど、お遍路さんが来てません」

「ここに書いてあるのは……」

「これは、お遍路さんじゃのうて、商人です。広島から渡ってきた商人です」

千年の遍路史のなかで、遍路が途絶えたのは太平洋戦争末期だけだろう。

たぶん戦国時代も、明治維新期も、日露戦争のときも、お遍路さんは途絶えることはなかったはずだ。

「月に二へんぐらい警察が、宿帳を調べに来ました」

「警察が⁉」

「はあ。不審な者に気づいたら、すぐ連絡するように、と言われました」

なんと、警察はスパイ調べをしていたのである。四国の遍路は共産党など思想犯の隠れ場所と見ていた様子なのだ。

なるほど、遍路姿は〝移動〟していても、一番怪しまれない。夜だって、不審尋問されることもない。むしろ「おつかれさん」とか、「お茶でも」とか、お接待の声をかけられるだけだ。

まったく、遍路みちは、また遍路宿は、日本列島の〝脈〟といえる。

ところが、この四国みちに、いま一大異変がおきている。

まず、歩き遍路がふえていることだ。戦後の車社会は、お遍路さんの大多数を車にのせてしまった。歩いてこその四国遍路だし、里を通り抜けてこその四国巡礼なのだが、十数年前は、歩き遍路の姿が激減した。

ところがバブル景気がはじけてから、歩き遍路の姿が、四国の遍路みちに帰ってきたのだ。

それも、若い人、四十代、五十代の人びと。

昔のお遍路さんは、ほとんどが高齢者といってよかった。六十歳代が大半であった。

それが、四十、五十歳の働き盛りの人たちが歩いている。また、二十代の若い男女。

——自分が何者なのかを、さがしたくて。

——大学へ行っているだけで、それでいいのか。

——自分に何が出来るのか考えたい。

この問いかけを胸にして歩きだした歩き遍路たち。

この遍路たちこそ、〝哲学的遍路〟と私は呼びたい。

千年の遍路史のなかで、やっと、哲学的な遍路があらわれたことを、私は喜びたいし、少し誇りたいのである。いうまでもなく、これは日本社会の成熟と、ある種の頽廃を映しているのだが、私は、〝成熟〟のほうに希望を見出したいのだ。

僧籍に入っていた

なんとも迂闊《うかつ》な話で恐縮するばかりだが、実は私は坊さんになっていたのである。それも八十年前の話だから、説明がややこしくなるのだ。

まず、私の出生をいわねばならない。

愛媛県温泉郡北条町辻町——これは昭和前期の表記だが、つまり、瀬戸内海に面した小さな港町である。私の家は、町を貫く街道に面した大きな百貨店で、店の前には石の道標が立っていた。『松山四里　金毘羅三十二里』という遍路石である。そうです、私の生まれた家は四国の遍路みちに面していたのです。

私が生まれたのは昭和四年八月、元気なく産声《うぶごえ》もあげない誕生だったそうだ。産声どころか誕生日をすぎても、立ち上がれない、三歳になっても歩くことができない超虚弱児だった。

実は、私の両親はイトコ同士なので、いわゆる変な子が産まれることは想定内にあったのである。

ある日、店に行乞のお坊さんが立ち寄った。母は茶と店で作っている団子でおせっかいしながら、一向に立ち上がらない子のことを話した。

行乞僧は、名を訊いたそうだ。

『富田昌一』

これが、私の最初の名前である。

お坊さんは、私の名を凝視してから、こう言ったそうである。

「これは、最悪最凶の名前です。たぶん、十歳ぐらいまでしか生きられず、しかも畳の上では死ねないでしょう」

母は仰天して、どうすればいいのでしょうと、お坊さんにすがった。お坊さんは言う。

「名前をかえることです」

「どうかえればいいのでしょう」

坊さんは少し間をおいてから、紙に雄渾な字をかいたそうだ。

『富田祥資《よしすけ》』

そして、言った。

「しかし本籍から変えなくてはいけませんよ」

字画数が悪いからといっても、それは役場では受けつけてはくれない。本籍から改名する道は、唯一、僧侶になるしかないと、いうのだ。

立ちもできない幼児を、坊さんにする手立てなどあるのだろうか。坊さんになるには、寺に入って修行しなければならない筈だ。

母は、実家の菩提《ぼだい》寺へ相談に行った。そのお寺は隣の河野村にあった。

その名でわかる通り、伊予の頭領河野一族の菩提寺で、堂々たる構えの寺だ。

『禅臨済宗・善應《ぜんおう》寺』

母の実家のご先祖は、河野一族の七将の一人、西山ナントカの守ナニガシである。そんな縁で善應寺へ相談に行ったのだろう。その善應寺で、幼い私の得度式をしてくれることになったのだ。

母に背負われて、小さな山ふところにある寺へ登っていった。

暗く大きな本堂につれて行かれ、布団ほどの大きな座布団の上に坐わらせられて、母はうしろに下がって行った。そこでもう、私は泣き出してしまったそうだ。

「おー！」と声がして金ピカの僧衣をつけたお坊さんが二人、私の方へ近づいてくる。手に三方を捧げもち、その上に大きな日本カミソリが置いてある。なんと、偉いお坊さんは、そのカミソリをかまえて、私の前に立った。

私はもう恐怖のあまり、泣き叫ぶ。母がうしろから近づいてきて、逃げないように私を必死に座布団の上に確保する。

と、頭の上を冷たいものが走った。

あとで母に訊いたのだが、カミソリの背のほうで頭の毛を剃る型を三度したのだという。

こうして、私は幼くして得度させてもらい、僧籍に入ることができたのだ。やっと戸籍の名も『祥資』と改名できた。行乞の坊さんは、私が僧籍に入ったのを見届けて、母にこう言ったそうだ。

「できるだけ早く、八十八ヵ寺を廻りなさい」

私をつれて、感謝の歩き遍路をしろというのだ。

母は三歳の私を乳母車に乗せ、千二百キロの旅に出た。約二ヵ月余りの旅である。私にはこの旅の記憶はあまり、ない。春に出たので、のどかな花に彩られ、一面黄色い菜の花の印象と、そして太陽の暑さだった。

見知らぬ男の人の背中におぶさって登った長い石段。私をおぶって寺の長い石段に難渋している母を見て、男遍路さんが、親切に背中をかしてくれたのである。

そして、強い印象は、なんとも柔かくも大きな女の人の白い胸だ。私はもらい乳のおせったいを受けたのである。母は私を産んで三年、もう母乳は出ない。

ある時は漁村で、あるときは段々畠で、健康そのものの母乳のおせったいを戴いたのだ。

かくて歩き遍路三百里を歩きとおして帰ってきた母は、帰って間もなく、立ち上がって歩く私を見ることができた。

「お大師さんのおかげじゃけん、大きくなったら必ずお礼廻りをせにゃいけん」

これは四国遍路みちにある町だから、授《さずか》った幸せである。大きくなってから、私は四国遍路みちを、二度、三度とお礼まわりをしていたが、歩きながら、私の母に遍路をすすめた行乞僧の智慧に感心したものだ。

大きな商家の部屋の中で育てられている赤ん坊の私は、ぐにゃぐにゃの体をして、おどろくほど蒼白い子であったのだ。お坊さんは、太陽にあてろと奨《すす》めたのである。太陽が骨を育てることを修行道で知っていたのだろうと、私は思うのだ。

さらに、私は五十歳になったとき、あのお坊さんの深い配慮に気づくのである。

私は二男一女の末っ子であるが、六歳ちがいの兄が、母が死んだ通夜の席で私にもらした話があった。

兄が小学生のとき、母は三人の子供をつれて実家へ行ったことがあった。実家は大きな丘の麓にあるのに、なぜか母は瀬戸内の浜辺を延々と歩いたらしいのだ。長く立ちどまり、うなだれて考え込んでいるので、いつもと違う母の様子に兄は心配になっていると、突然、母は、兄と姉の手をひいて海に向かって歩き出したというのだ。そのまま海の中へ入っていく様子に兄と姉は震えあがって逃げようとするが、母は二人の手を強く握っていて、逃げられない。波うち際に来たとき、突然、私が母の背中で泣き出したという。

「それは滅茶苦茶な泣き声やった……」

と兄は言う。私の泣き声で、母の足がとまった。その時、兄と姉は、私の泣き声に合わせて

「ナムアミダー、ナムアミダー」と唱えたというのだ。

と、母の体から、しばりつけた縄がほどけるように、母は優しくなっていったという。

「なんで、念仏をとなえたの？」

と私は兄たちに聞いた。その返事がよかった。

「お前が坊さんになったと聞いていて、思わず念仏したんだよ……」

姉がつぶやいた。

「お母さんは、私らを連れて海に入って死のうとしたんだと思う」

兄も、うなずいている。大変な母の通夜の席となってしまった……。

私はその時悟ったのだ。あの行乞僧が、私を僧籍に入れたのは、歩きの中で、変な子を産ん

だ若い母と子の心中悲劇を、たくさん見ていたからではないか、と。

子を僧籍に入れたら、滅多に手をかけることはないだろうと、行乞僧は考えたのではないか――。

のちのち、母は、あのお遍路の坊さんは、弘法大師、空海さんだったと言い張るようになった。

そうかもしれない。四国を歩く多くの遍路たちは笠や杖に「同行二人」と書いて、お大師さんと一緒に歩いていることを信じているのである。

さて、三歳のとき近くの寺で得度してもらったのだが、〝僧籍〟というものが、よく判らないままに、大きくなり、東京へ出てしまった。

私が新聞社で給料をもらうようになった時、郷里の父親が言ったのだ。

「京都の本山に僧籍に入った会費をずっと払っているが、一人前になったからには、その会費は自分で払いなさい」

〝会費〟といったかどうかも、今はおぼえてないが、本山の名と住所を紙に書いて渡してくれた。私は不遜にも、東京の苛酷な生存競争にかまけて、その紙を失くし、僧籍にあることすら忘れてしまったのだ。

五十歳になって、心筋梗塞、胆嚢癌、胃全摘手術と、大病に襲来されて、死に直面したとき、はじめて、自分が僧籍にある意味を、深くかみしめるようになったのだ。つまり、死後に思いを深くするようになったのである。

僧籍にあるからには、せめて、自分でお経をあげるようにしたいと思ったが、私の得度してもらった本山がどこにあるか判らないのだ。

さきごろ、得度してもらった郷里の善應寺を訪ねてみた。得度したのは三歳。今は八十三歳なので実に八十年前の得度である。もちろん善應寺の住職もそれから三代目となっており、すぐに記録が見つからなかったのである。

「このイカサマ坊主め！」

これは自分への罵言である。さてさて、まともな坊主になるには、どうしたらいいのか。

「寺門興隆」の人たち、どうか教えてください。——まことに腑甲斐なくも、迂闊なお願いでありります。

最後に、下手な一句を書きそえます。

わが里は遍路三百里の内《うち》半里

紅く染った女遍路

はじめは鈴の音だった。心の一番奥までもらくらく浸《し》み入る音である。それも一つだけではない。いくつもの鈴の音が、遠く近く、たゆたうように近づいてくる。

ようやく私は、漂《ただよ》う眠りから目醒《めざ》めたようだった。

母は私を背に、小走りに家の前へ出た。前の道は遍路みちである。『松山四里 金毘羅三十二里』の遍路石がすぐ前にあるが、私には読めない。まだ三歳にも満たない赤ン坊なのだ。

それでも全身白い装束の女の人たちが、手に杖と鈴をもち、ゆらゆらと近づいてくるのが分かった。実《まこと》に、夢のように、近づいてくるのだ。

母は白い女遍路さんに、一人一人何かを渡している。お米である。渡しては、拝んでいる。お米を受けとった女遍路さんも優しく手を合わせるのだ。

折から瀬戸内海に夕日が沈んでゆく。たちまち女遍路たちは紅く染められ、こんどは、まぎれもなく夢となって遍路みちを遠ざかっていく――。

これが、私の最初に見たこの世の景色であった。そして、なんという幸福か。その後の人生で、これに優《まさ》る美しいものはなかった。蔵王の雪も見た。厳島《いつくしま》神社の名月も見た。吉野の桜も見た。つまり、川端康成さんが、ノーベル賞受賞の記念講演で「美しい日本の私」とは、「雪月花」につきると話された三つのものを見たけれど、赤く染まった女遍路たちも、ひるむことなく美しかったと思う。

そのわけは、あの女遍路たちが、日本人の悲しみを背負った旅人と知ったからかも知れない。いったい四国の遍路みちを歩いた日本人は、どれほどの数なのか。空海が開いてくれた四国の遍路みちは、千年を超える歴史を持っているのだ。

八十八の札所は真言宗が多いけれど、遍路する人は必ずしも宗派にこだわらない。

――では、何のために歩くのか。

赤く染まったお遍路さんに、お米のお接待をしていた母は、こう教えてくれた。

「辛《つら》いことがあるから、歩いとるのよ」

たしかにそうだ。辛いものには、まず難病がある。昔はらいい病とよばれたハンセン病の患者が四国へ送り出され、社会の偏見にあえぎながら歩いていた。また、医者に見放されたさまざまの病人も、遍路みちを歩く。

さらに、愛情や嫉妬《しっと》のセメギに悩み抜く人、先立った人への追慕に苦しむ人、競争社会に落ちこぼれた人、憎しみにもだえる人、犯した罪から逃亡したい人――いずれもこの現世の、人には言うすべもなく、人には言うてはならぬ苦しみを、一人かかえて遍路みちを、ひたすら歩くのである。

いってみれば、日本人の、まことに日常感、生活感あふれる辛さをかかえた四国のお遍路さんは、いじらしくも無告の民なのだと知ってみて、私はあの「赤い女遍路」を、陰影のある美しい絵として心にきざんだのだ。

そして、なぜ母はお接待する側であるのに、女遍路に手を合わせたのか。

「あのお遍路さんたちは、お大師さんと一緒に歩いとられるけん……」

とも言いながら、ふと、つぶやきを加えている。

「わたしも、いつあの人らのような辛いことに出会うかもしれんもの……」

してみれば、お遍路さんは、路傍に生きる人たちの、あるいは身代わりとして歩いているのだろうか。

日本人は、千年あまり、四国遍路みちを歩いてきた。辛さから解放されて、自らを救い、さらに再生を願って、ひたすら歩く。

——その日本人の数は、何千万人、いや何億人になるのか。

ところが、この千数百年の遍路史に、いま一大異変が起きていることも報告しておきたい。

――自分は何者か。

――自分のあり方を検証したい。

――何のために、どう生きればよいのか。

つまり、『哲学的な遍路』が、千年の成熟を経て、ついに登場したのだ。その姿はまた、〝悲しみ〟や〝涙〟や〝辛さ〟の遍路に負けずに美しい。

遍路みち

私は産まれおちても、満足に泣き声もあげられない赤ン坊であった。

「ほれ、しゃんと泣いて」

取りあげた産婆が逆さまにぶらさげて、お尻を叩いたら、かすかに溜息のような泣き声をあげたそうだ。

三歳になっても、立ちあがることができない。体に骨がないのかと思うほどで、抱いてみてもぐにゃぐにゃで、まるでお豆腐を抱いているみたいだった。

父も母も私を眺めて溜息をついた。

「やっぱり、こうなったか……」

両親はイトコ結婚である。だから産まれてくる子供に一抹《まつ》の不安は持っていたのだ。長男が生まれた。五体満足の赤ン坊だった。長女も産まれた。これも大丈夫だった。そして、少し安心してもう一人私を産んだのである。産んでみれば、三歳になっても立つことも出来ない骨なし子である。

その上、医者も診断つきかねるような病気に次々とかかり、病院から病院をわたり歩いた。血の気も失せて、透き通るように真っ白な肉塊に見えたそうである。

――この子は十歳までも生きられない。

と誰もが思った。父親も、あきらめた。

しかし母親だけは、あきらめない。立てない子を車にのせて八十八ヵ所の遍路旅に出た。私の家は四国の遍路みちに面した商家で、毎日白い巡礼着のお遍路さんが西から東へと歩いてゆく。近くの松山石手寺が五十一番の札所である。

私の名前がひどく悪いのだと行乞僧にいわれて改名した。本籍から改名しないと意味がないので、たった一つの方法として僧籍に入れられた。つまり出家である。僧籍に入って改名はしたけれど、寺に入って修行できるような体ではないのだ。

四歳近くになって、やっと私は立ちあがることが出来た。よたよたと障子づたいに歩く私をみて、母は手をあわせて弘法大師にお礼をいった。

小学校に入っても、体育の時間は見学、掃除当番などはみな免除という超虚弱の子供である。母は夜、私を背負って瀬戸内海の浜辺を小走りに走った。そして、私の体を裸にすると柔らかいタワシで丹念にこすった。夏は海の水をつけてこすった。冬になっても、よほど寒い日や、雨風の強い日以外は夜の浜辺に出て、そうした。昼は店が忙しかったのだ。

母が口の中で小さくとなえているものがある。

「ナムダイシヘンジョウコンゴー、ナムダイシ……」

南無大師遍照金剛である。

さて、子供は十三歳まで生きれば一つの難関を突破するのだという。私もそうであった。中学校へ入った十三歳の時、なにか体の深奥から生命力がふき出るように、ニキビが顔中に出来た。それが合図のように、みるみる身長が伸び、胸郭も逞《たくま》しくなって、普通の子供の体格にまで追いつくことができた。当時、難関といわれた海軍兵学校へ入学できたのだから、ちゃんとした体になっていたのだ。

まったく母親というものはあきらめないのである。母親だけは理窟を超えて、自分の子の生に執着してくれた。その執着がなかったら、もちろん現在の私は幻でしかない。

母は弘法大師のおかげで、私が元気になったと信じているので、前の道をゆくお遍路さんに対して、本当に奉仕していた。

遍路みちに面した商家の前に佇《たたず》むお遍路さんの数は、多い日で五十人を超える。そのお遍路さんに両手に一杯の米を持って行くのが私の役目であった。五升ぐらいの米が一日でなくなった。病気のお遍路さんを泊めて看病もした。お遍路さんの捨子も、家に引きとって懸命に育てた。私の家は幸いにも離れもある広い家であったので、なん人の子供が来ても困りはしなかった。食卓に見知らぬ子供がいるのは、わが家では珍しいことではない。

「お前の、そのお魚をこの子におあげ。お前はいつでも食べられるんじゃから」

私のお魚は、その子の前に移動する。

親に死に別れた子、親が病気で一緒に暮らせない子供たちを連れて帰っては、食事を与えて、離れに寝かせた。一番多い時で、六人の子供が離れにいたのを憶えている。

そのうち、子供たちだけにとどまらなくなった。小さな娘を連れた日本画家が離れの二階に随分長く暮らしていた。放浪の画描きが行き倒れていたのを、母が連れてきたのである。

最初は、私を元気にしてくれたお礼に始めたことだろうが、途中からは私のことを離れて困った人たちを家に連れて帰ってきたようである。

私は二十二歳で四国を離れて東京へ出てくるのだが、その時までお遍路さんは日本中にいて、どの家の玄関先にも喜捨を乞うて佇むものだと思っていた。

「ああいうお遍路さんは、四国だけだったのか……」

そしていろいろなことが、判ってきた。

例えばハンセン病というのがある。俗にライ病といった。戦前は遺伝とか、すぐに伝染する業病とされていた。それで、ひどいところでは患者は村から追放されたりした。いくばくかの金が与えられ、

「海を渡って四国へ行け。あそこなら、お前たちも生きられる」

と言われたそうだ。

なるほど、四国はそういう場所だったのである。松山の石手寺にも、ハンセン病のお遍路さんが大勢うずくまっていた。母はいつも、その人たちの前で合掌して、お金を置いていた。

日本列島が忌み嫌ったものを、四国の人間は、それほど嫌いもせず、地域に受けいれて共存して暮らしている。――ハンセン病の人たちはその後は療養所に収容されて、四国の遍路みちからは姿を消した。治療方法も見つかり、また遺伝や、空気伝染するようなものではないことも判った。治った人たちも、社会に復帰していることを、誤解のないように、付記しておきたい。

四国は、実にさまざまなものを背負った人々が集まってきた。そして遍路という姿になって海辺の道を、鈴をならして歩いていたのである。歩いて六十日、四国は日本庶民の魂の救済所

であったといえる。

私の家は東に向かって建っていた。だからお遍路さんは西側の松山方面から歩いてきて、背を向けるようにして東へ歩き去っていく。それが一番から八十八番へ到る順路である。

ところが時折、東から私の家をめざしてやってくるお遍路さんがいるのだ。つまり反対廻りしているお遍路さんである。逆打《ぎゃくう》ちと四国では言っている。その逆打ちのお遍路さんたちは、大ていすさまじい恰好をしていた。

例えば、両足にタイヤを巻きつけ、坐わったままの恰好で両手を足がわりにして歩いている。そのお遍路さんは両足が萎《な》えて立って歩けないのである。両手を足がわりにして歩くのだから、歩みは実に遅い。町のはずれに姿を見せてから、町の中央にある私の家の前までくるのが、半日がかりである。そして、私の家の前で休んだ。そこに橋があって、一休みするには恰好のところである。

私はそのお遍路さんにお米を持っていくよう、母に言われた。お米を両手に持ってお遍路さんの前に立つと、その人は「ありがとう」と笑みを見せ、両手をさし出した。その手は恐ろしいほど大きかった。それはそうだろう、足がわりにして、四国を廻っている手である。

逆打ちは、なかなかに叶《かな》えられない願いごとを持った人が試みるものである。

小さい私は、なんだかそのお遍路さんが恐かったので、母に聞いたものだ。

「……あの人はどんな悪いことをした人？」

悪いことをした人だからこそ、ああやって得難い許しを求めて歩いているのだと思ったのだ。

「悪い人だから、逆打ちするんじゃないんよ」

と、母は答えた。

「一番辛《つら》い人が、ああやって歩くのよ」

――辛い人が歩いている、という意味は、その後の私の中で、一つ一つ砂がおちていく砂時計のように確かめられて刻まれている。

両足にタイヤを巻きつけたお遍路さんは、三年後に同じような姿で私の家の前にあらわれた。三年かけて四国を一周したのだ。

その時も私はお米をさし出した。さらに三年後に、またそのお遍路さんは姿をみせた。雨風と埃《ほこり》にまみれて、すさまじい姿になっていた。

お米だけでなく、母が丁度煮つけていた豆や人参も届けた。母も出てきて、

「お遍路さん、よかったら、うちで休んで行って下さい。休んどられる間に、洗濯してさしあげますけん」

翌日、逆打ちのお遍路さんは、さっぱりした遍路着で、西へと去った。しかし、それ以後は三年たっても、五年たっても姿をみることはなかった。ほんとうに私は遍路みちの傍で、実に

多くのものを遍路からもらったようだ。

一つだけ、誰にも言わなかった母の思い出がある。

母は上野の音楽学校へ入るつもりでいただけに、なかなか歌が上手だった。夜の浜辺で、私の体を懸命にこすった帰り道、私を背にして、必らず歌ってくれた。童謡もあったし、当時の流行歌もあった。

その中で忘れられないのが次の歌だ。

〽夕やけ小やけの　赤とんぼ
　負われて見たのは　いつの日か……

母の背の温かさが、今でも思い出される。母の背は、柔らかくて、広くて、ほんとうに安心だった。しかし背中の私は、母にとってお遍路さんの背にある重い重い荷と同じであったろうと思うのである。

私は、母の背越しにみた、ある夜の瀬戸の海を思い出す。夜光虫がキラキラと光っている夜の瀬戸の海は、私たちを誘うようにきれいだった。母が小さくつぶやいたのだ。

「……はいってみようか」

私を背に母は海へ入って行った。私は恐ろしくなって泣き声をあげた。そこで母はとまった。

母の背越しにみた海を思うたびに、私は涙があふれてきて仕方がないのだ。

あとがき――生まれ変わっても、また

「誰も教えてくれなかったなァ。
よくわからないと言ったら
みんな集まってワイワイやっているんだと
紹介して見せてもらったのが
ＮＨＫの子供番組だった。
そこで勝手なことを書いていたら
勝手すぎると、首になった
その首をひろってくれたのが
浜口庫之助さんだった
「あの人は詩人だから

あれが素敵なんだよ」
と私を助けてくれた。
何しろ浜庫さんといえば
黄色いサクランボで大当たりをとった人だ。
さそわれて自宅へ連れてゆかれたら
黄色いサクランボの女性たちが
いるではないか
「君、歌ってのは
こうやって作るんだよ」
君はちがうところを
一生懸命掘っていると
歌の作り方を
教えてくれたんだ。
ヤッター！」

早坂が旅立つ二日前に書いた未完成の原稿です。彼がこの続きを書くことはもうありません。出口のない哀しみの中にいた私を「ヤッター！」という最後のひとことが救ってくれました。生まれたときから何度もお大師さまに救われ、四国遍路の札所と同じ数の八十八歳で、お大師さまに迎えられた早坂の生涯とその最期は、この言葉どおりの見事なものだったからです。

早坂には、枕詞のように「遅筆」「遅坂」などの言葉がついてまわります。でも本人はこう言っておりました。

「遅くないぞ。ホントは早いんだ」

推敲《すいこう》がとてつもなく長い人なのです。頭の中でそれが幾度も幾度も繰り返され、あるとき頂点に達するようです。しばし宙を睨んだかと思うと、いきなり原稿用紙に向かいます。書き始めるともの凄いスピードで、書き直しはほとんどありません。その様子は傍で何度も目にしました。

もっと早く取りかかればいいのに……。でも困ったことにお尻に火がつかないとエンジンがかからない。思い切って締め切りのゲタを大きく履かせてみても、すぐに見破られます。

「もう間に合いません！」「無理です」「どうしよう……」

スタッフや役者さんや編集者が泣いたり怒ったり、髪をかきむしったりしているのを尻目に、雲隠れしたり、麻雀に興じたり。しかし、決して遊び呆けているのではなく、そうしながら常に頭の中で書いたり直したりしているのです。

「待つのがつらいか、待たせるのがつらいか……」メロスになぞらえて、しばしば口にしていました。


「ストリップ劇場にいるときが、一番書けるんだ……」

いつかそう教えてくれました。

若い踊り子さんのつなぎとして、少し年かさの人が出てくることがあるそうで、客席からは
「引っ込め～！」「おばさんは帰れ！」

と声がかかります。それでも汗いっぱいで踊るその踊り子さんを見ていると、書くことが溢れ出てくるのだそうです。

――お客のヤジは聞こえているはずだよ。でも与えられたその時間は、彼女たちのものなんだ。

毎日のように通っていた銭湯で湯上がりに休憩していると、「お先に！」と満面の笑みを向けて帰る男性がいました。
「知ってる人？」と聞きますと、
「あの人ね、背中いっぱいに滅茶苦茶キレイな刺青《いれずみ》があるんだよ！」

お湯に入って肌が上気し、ますます美しく浮かび上がる背中一面の天女をみて思わず、キレイだねえ、見事だねえ、と声をかけたのだそうです。そして、
「これだけ彫るのはさぞかし痛かっただろう。よく頑張ったねえ。ちょっと触ってもいい？」と。

たぶんその男性は、初対面の人から、キレイだねえ、頑張ったねえなどと言われたことはなかったのでしょう。顔をしかめられたことはあっても。

「あのね、刺青は〝がまん〟っていうくらいそりゃあ痛いし、熱は出るし、お金もかかる。どういう事情でどういう素性の人なのかは別として、やり遂げたからには、ちゃんと見て褒めてあげなきゃ。本当にキレイなんだから」とニコニコしていました。

ドラマや小説の中だけでなく日常においても、つらいものを背負いながらも、一生懸命に生きる人や、世間からはみ出した人、不器用な人を優しくあたたかく見つめる、実に目線の低い人でした。

かつていけばな評論家「富田二郎」として活動していた早坂は、いけばな教授たちの健康保険組合加入を考えました。昭和三十二年の趣意書にはこうあります。「いつ病気におそわれるかもしれない私たちは、健康保険によって安らいだ生活を送れます。掛金が人を助ける反面また、ある時はその掛金で自分の生活が守れるのです……」。そして草月流創始者である勅使《てし》河《が》原《はら》蒼《そう》風《ふう》氏とともに、「文芸美術健保組合」への加入に奔走し、果たします。戦争で夫や子どもを失い、いけばな教授として家庭を支えようとする婦人や、自立を目指す人々を何とかバックアップしたかったようです。そしてその過程で流派を超えた「いけばな協会」の設立に至ります。ときに早坂二十八歳。彼のあたたかなまなざしは、すでに形となっていたようです。

　遍路・戦争・原爆。早坂の作品にはこれらのことが色濃く影響しています。生まれて初めての音の記憶は、道行くお遍路さんの鈴の音。病弱な彼を乳母車に乗せて遍路に出た母。戦艦大和に憧れた軍国少年時代。敗戦に直面し、やがて見た原爆投下直後の広島。それまでの価値観を根底から覆すような戦後の民主主義。その折り合いを、「身体の真ん中で、軍国主義に民主主義が接ぎ木されているようだ」と表現していました。

　そしてもう一つ、それは度重なる病との戦いです。何とか命を繋ぎ、子規さんにならって「なおかつ平気で生きる」と決めたものの、幾度となく叫びだしそうな思いにかられたに違いありません。しかし彼はそれをほとんど他人には見せず、楽しく生きること、平気で生きることを目指しました。

「人の世の塵《ちり》にまみれて　なお生きる　水を見つめて　嘆くまい　明日《あす》は明るく」

早坂のカラオケの十八番の一つ「川は流れる」です。三番のこの歌詞を好みました。

――喜劇と悲劇は一枚の紙の裏表。シェークスピアもそうだろ？　涙目のドラマを書きたいんだ。涙がいっぱいに溜まって、今にも溢れそうで、それでも一生懸命笑おうとしているドラマをね。

一方、彼は座談の名手であり、その話の面白さは「早坂節」と呼ばれました。描く世界は社会派と言われましたが、自身はいつだってにこやかで、優しくてお茶目。楽しいことが大好きで、大きな声を出したり、人を見下すことなど一切しない。早坂に会うと、みな彼のことが大好きになります。喜んで頂ける原稿をお渡しできたことと、この人間性で、たくさんの人にさんざんご迷惑をおかけしながらも、何とかこの世界を泳いで来られたのかもしれません。

家庭においても限りなく優しく、楽しく、何につけても「ありがとう」と言い、食卓に出すものは「ウマーイ!」と大きな声で褒めてくれる満点の夫でした。数々の病気と共存し、一日に塩分は五グラムまで、水分は千二百CCまで、カリウムをはじめ多くの摂取制限がありましたが、尾道出身の母の味を受け継いだ私の料理は、彼の満足を得たようです。尾道と彼の故郷は瀬戸内海を挟んだ対岸。言葉や料理はよく似ており、私が作るものは幸運にも彼の母親の味に近いようでした。「ありがとう」「ウマーイ!」このふたことで、私から満点を勝ち取ったのです。

自分よりも大切な人でした。たくさんの幸せをもらいました。生まれ変わっても、また絶対に一緒になりたい。

いつか来る日の、そのときは、

やれ嬉し君待つ花野いざゆかん　呼子《よぶこ》

（早坂がつけてくれた俳号です）

「あいかわらず下手やなあ……」。そう言って笑いながら迎えてくれると思います。

本書にあたり、「はじめに」を書いて下さった桃井かおりさん、表紙の絵を描いて下さった男鹿和雄さん、男鹿さんとのご縁を結んで下さった山内敏功さん、みずき書林の岡田林太郎さんに心から感謝と御礼を申し上げます。装幀デザインの宗利淳一さん、組版の江尻智行さんにも大変お世話になりました。皆さま本当にありがとうございました。

二度目のお迎え火を焚いたお盆の夜に

富田由起子

底本一覧

「あなたたちに伝えたいこと」／「北条北中学生へのメッセージ」（北条まちづくり協議会、二〇一七年）
「生きる心得、死ぬる心得」／『文藝春秋 SPECIAL』季刊冬号（文藝春秋、二〇一一年）
「癌の告知」／『花へんろ風信帖』（新潮社、一九九八年）
「生まれる前のように」／『花へんろ風信帖』（新潮社、一九九八年）
「一年有半」／『花へんろ風信帖』（新潮社、一九九八年）
「〝草枕〟ふう〝癌枕〟」／『文藝春秋 SPECIAL』季刊秋号（文藝春秋、二〇一一年）
「シナリオ不作法」／『シナリオ』（映人社、一九七六年）
「アカリのおじさん」／『花へんろ風信帖』（新潮社、一九九八年）
「田舎天才」／『夢の景色』（文化出版局、一九九二年）
「偽せ者」／『夢の景色』（文化出版局、一九九二年）
「赤サギ」／『夢の景色』（文化出版局、一九九二年）
「続・赤サギ」／『夢の景色』（文化出版局、一九九二年）
「ボクのお大師さん①」／『へんろ曼荼羅』（創風社出版、二〇〇五年）
「ボクのお大師さん②」／『へんろ曼荼羅』（創風社出版、二〇〇五年）
「漱石、松山の熱狂の五十二日」／『文藝春秋』特別版12月臨時増刊号（文藝春秋、二〇〇四年）

「闇夜に礫を投げる人　重森三玲」／『なごみ』9月号（淡交社、二〇一二年）
「あの世とやらは花野とや」／（「これぞと思う……③」改題）『へんろ曼荼羅』（創風社出版、二〇〇五年）
「火の風」／『夢の景色』（文化出版局、一九九二年）
「アマテラスの最後の旅」／『嫁ぐ猫』（文藝春秋、一九九六年）
「渥美ちゃん」／『花へんろ風信帖』（新潮社、一九九八年）
「結核患者の咳は音叉のように響くんだ」／『文藝春秋』創立90周年記念新年特別号（文藝春秋、二〇一三年）
「渥美清の一周忌」／『へんろ曼荼羅』（創風社出版、二〇〇五年）
「渥美さんとお別れする会」弔辞／『さようなら渥美さん　夢をありがとう』（松竹映像渉外室、一九九八年）
「春子の人形」／『四季物語』（ＰＨＰ研究所、一九九〇年）
「女相撲」／『夢の景色』（文化出版局、一九九二年）
「ホマエダ英五郎」／『夢の景色』（文化出版局、一九九二年）
「ピカドン」／『花へんろ風信帖』（新潮社、一九九八年）
「大正屋呉服店」／『花へんろ風信帖』（新潮社、一九九八年）
「壺中の街」／『夢の景色』（文化出版局、一九九二年）
「行って帰ります」／『へんろ曼荼羅』（創風社出版、二〇〇五年）
「瀬戸の海」／『夢の景色』（文化出版局、一九九二年）
「日本の〝心調〟」／『太陽』8月号　№．４７８（平凡社、二〇〇〇年）
「僧籍に入っていた」／『寺門興隆』№．１６７（興山舎、二〇一二年）
「赤く染った女遍路」／『文藝春秋』特別版　9月臨時増刊号（文藝春秋、二〇〇四年）
「遍路みち」／『夢の景色』（文化出版局、一九九二年）

早坂　暁

（はやさか・あきら）


一九二九年、愛媛県松山市生まれ。

作家。本名、富田祥資。日本大学芸術学部演劇科卒業後、新聞社編集長、いけばな評論家として活躍しながらテレビシナリオを書き始める。

以後、小説、映画シナリオ、戯曲、舞台演出、ドキュメンタリー製作を手がける。

代表作に、「天下御免」「夢千代日記」「花へんろ」「事件シリーズ」「ダウンタウン・ヒーローズ」「華日記」「公園通りの猫たち」などがある。

新田次郎文学賞、講談社エッセイ賞、放送文化基金賞、芸術選奨文部大臣賞、紫綬褒章、芸術祭大賞、モンテカルロ国際テレビ祭脚本賞、放送文化賞ほか受賞多数。

二〇一七年十二月十六日没。

この世《よ》の景《け》色《しき》

2019年10月7日　初版発行
2019年11月25日　第2刷発行

著者……………早坂《はやさか》 暁《あきら》
発行者…………岡田林太郎
発行所…………株式会社みずき書林
〒150-0012　東京都渋谷区広尾1-7-3-303
TEL：090-5317-9209　FAX：03-4586-7141
E-mail：rintarookada0313@gmail.com
https://www.mizukishorin.com/

印刷・製本………シナノ・パブリッシングプレス
組版……………江尻智行
装幀……………宗利淳一

978-4-909710-10-9 C0095